ullstein

Das Buch

Inspektor Parnell wollte eigentlich Urlaub machen in Dunedin, im Süden der Südinsel Neuseelands. Weniger trinken, zu sich selbst kommen. Stattdessen erwacht er gleich am ersten Morgen in einem schäbigen B&B mit einem brummenden Schädel. Er hat die Nacht durchgezecht, kann sich an nichts mehr erinnern. Als im Nachbarzimmer die Leiche einer jungen Backpackerin, geschmückt mit Pinguinfedern, gefunden wird, fällt der Verdacht schnell auf Parnell. Im Sommer kommen die Pinguine abends zum Schlafen zu Tausenden an die Küste. Parnell begibt sich auf die Suche nach dem Mörder und gerät bald selbst in dessen Schusslinie ...

Der Autor

K. C. Crowe ist das Pseudonym eines erfolgreichen Kriminalschriftstellers. Der Autor lebt in einem Dorf in Südeuropa und schreibt neben Kriminalromanen Artikel für renommierte Zeitungen und Magazine. Neuseeland kennt er selbst durch mehrmonatige Reisen. Die faszinierende Landschaft und ihre Bewohner inspirierten ihn zu der Krimireihe um Inspektor Parnell.

Von K. C. Crowe ist in unserem Hause bereits erschienen:
Schwarzer Sand

K. C. Crowe

Schwarze Bucht

Neuseeland-Krimi

Ullstein

Besuchen Sie uns im Internet:
www.ullstein-buchverlage.de

MIX
Papier aus verantwortungsvollen Quellen
FSC® C083411

Originalausgabe im Ullstein Taschenbuch
1. Auflage Juli 2018

Umschlaggestaltung: bürosüd° GmbH, München
Titelabbildung: Alamy Stock Foto / © Rolf_52
Satz: Pinkuin Satz und Datentechnik, Berlin
Gesetzt aus der Kepler Ltd
Druck und Bindearbeiten: CPI books GmbH, Leck
ISBN 978-3-548-29027-0

Pass me that lovely little gun,
my dear, my darling one.
NICK CAVE

Der erste Tag

1

Dunedin, verdammt. Langsam schichteten sich die Erinnerungsfetzen in seinem Hirn auf. Sie ergaben keinen Sinn. Er blinzelte, die verklebten Augen schmerzten. Ein warmer Lichtstrahl erleuchtete einen Streifen des abgetretenen Holzbodens.

Als ob sich die Himmelspforte einen Spalt weit öffnete, schoss es Parnell in den schmerzenden Kopf. Die Stiche im Hirn hämmerten wie die Nadel einer Nähmaschine.

Dunedin, verdammt. Whiskey, zu viel Whiskey. Zu viel schlechter Whiskey. Langsam suchten Parnells Sinnesorgane zueinander, fanden sich, umschlangen sich, tauschten Informationen aus.

Bilder, Gerüche, Geräusche, Erinnerungen. Er rekonstruierte, er musste. Auch wenn ihm dabei jedes Mal ein schmerzhafter Pfeil in die Windungen des Gehirns schoss.

Er stöhnte. Das Bett knackste. Wieder blinzelte er. Er drehte sich nach links, starrte auf die graue Wand.

Kugelschreibergekritzel. Messerritzereien. Liebesbotschaften. Schwänze. Titten. *Peggy war hier. No fun. Just married.*

»Glückwunsch«, krächzte Parnell, die trockenen Lippen

lösten sich. Die Unterlippe riss auf. Mit der Zungenspitze betastete Parnell den Riss im Fleisch. Er schmeckte Blut, er schluckte, das Blut befeuchtete den ausgetrockneten Rachen.

»Verdammt«, krächzte Parnell erneut. »Dieser verfluchte Whiskey.«

Dabei hatte alles mit Bier angefangen. Parnell hasste Bier. Bier war wie ein verdammtes Kinderpflaster mit bunten Schmetterlingen drauf, wenn man von Kugeln durchlöchert am Verbluten war. Aber im Zug nach Dunedin hatte es keinen harten Stoff gegeben. Parnell versuchte, die Erinnerungsfetzen in die richtige Reihenfolge zu bringen. Der Anfang war einfach. Weg aus Auckland! Das war sein einziges, örtlich undefiniertes Ziel gewesen. Weg aus dieser verhasst-geliebten Scheißstadt, seiner Scheißstadt.

Weg von allem. Von der Erinnerung. Von der Liebe, vom Schmerz. Weg von Sister Gold. Dem kalten Stück, das er mit seiner Liebe gewärmt hatte, an deren zarter Haut er sich zu wärmen versucht hatte. Verdammtes Strohfeuer. Kaltes Stück Seele im Frauenpelz.

Elizabeth, oh, Elizabeth.

Dunedin. Auf die Stadt im Süden war seine Wahl gefallen. Weiter weg ging nicht. Zumindest nicht, wenn man einen verdammten Flieger vermeiden wollte. Und das wollte Parnell unbedingt. Er hatte keine Lust auf die Welt da oben, weiter oben am Globus. Er wollte ihr abhandenkommen, der Welt. Wo, wenn nicht im rauen Süden? Jetzt, am Ende des Sommers, wenn hier unten die Tage dunkler wurden, die Temperaturen fielen, die Winde auflebten, die Winde, welche die kalte Luft vom Ende der Welt herüberbliesen, vom Eis der Antarktis, vom kalten, dunklen, weißen Pol.

Vier Wochen Urlaub. Vier Wochen ohne Büro, ohne Einsatz, ohne Einsatzwagen, ohne warmem Blut auf brühend heißem Asphalt.

Die Reise von Auckland mit dem Bus über die Nordinsel, mit der Fähre über die Cook Strait, dann endlich, der romantische Teil, mit dem Zug die Ostküste der Südinsel entlang bis hinunter nach Dunedin. Das alles dauerte zwei Tage. Er hatte sich die Zugfahrt anders vorgestellt. Wie er sich immer alles anders vorstellte, anders, als es dann tatsächlich stattfand.

Verdammte Vorstellung einer Kitschversion des Lebens.

Das Pfeifen der Lok, der Rauch, der vom Fahrtwind wie loses, schwarzes Mädchenhaar über die Waggons hinweg nach hinten gezogen wird.

Er hatte sich eine romantische Orient-Express-Zugfahrt à la Agatha Christie vorgestellt. Das Zischen, das Rattern der Waggonräder, das Schnaufen der Lok wie das Schnauben von Pferden.

Speisewaggontische mit blendend weißen Tischtüchern überzogen. Kellner in Frack und Windsorknoten. Whiskey, reichlich guter, alter, teurer Whiskey.

Nix da. Nada. Parnell hatte sich in einem modernen Science-Fiction-Zug wiedergefunden. Kein Rattern. Der Zug schlich. Er schien zu schweben. In Kampfjettempo. Die Aussicht: Dschungel, Buchten, Meer, Sand, Dschungel. Grün, Blau, Gelb, Grün. Kein Whiskey. Bier. Gekühlt.

Das Bett knackste erneut. Parnell war wieder im Hier und Jetzt. Für Sekundenbruchteile hatte der Schwenk in die jüngste Vergangenheit sogar das erbarmungslose Pochen im Hirn verdrängt. Er drehte sich stöhnend auf den Rücken. Die Matratze über ihm wölbte sich bauchförmig nach unten.

Er war nicht allein. Er hatte das billigste Zimmer gebucht. Warum für komatösen Schlaf Geld ausgeben, wenn einem dieses Geld mehr Whiskey ermöglichte? Er hatte sich für eine Backpacker-Herberge im Süden der Stadt entschieden. Zwanzig Minuten Fußmarsch bis zum Zentrum. Dafür ein paar Neuseeland-Dollar günstiger. Achtbettzimmer. Egal.

Es war still im Zimmer. Aber vielleicht übertönte auch nur der Lärm, der durch den hellen Türspalt ins Innere drang, die Geräusche um ihn herum.

Erneut befühlte Parnell mit der Zungenspitze die Unterlippe, das Blut war weg, aufgesaugt, den Rachen hinabgeflossen, die Speiseröhre hinab und im Magen gelandet. Sein gesamtes Inneres war ausgetrocknet, als würde sich eine Wüste durch ihn hindurchfressen. Keine Oase, nirgends. Kein rettender Brunnen.

»Nie wieder, nie wieder, nie wieder«, krächzte der Inspektor. Er wusste, dass die Sucht ihm diesen Gedanken erlaubte, weil sie wusste, die Sucht, dass er vergehen würde, der Gedanke. Mit dem Vergehen der Kopfschmerzen.

Die Sucht kannte ihn, sie beherrschte ihn, er war ihr ausgeliefert.

Parnell drehte sich geräuschvoll auf die Seite. Er vernahm die Stimmen von draußen, doch seine Ohren konnten keine

Worte, keine Sätze, keinen Sinn entschlüsseln. Er tastete im Dunkeln nach einer Wasserflasche. Schon als Kind konnte er nachts nicht einschlafen ohne Wasserflasche. Kaltes Wasser in Plastikflasche. Griffbereit, wenn ihn nachts die Albträume aufschrecken ließen, ihm alle Flüssigkeit aus seinem kleinen Jungenkörper saugten.

Wenn er die Flasche vergessen hatte, so war er gezwungen gewesen, das Bettchen zu verlassen, die schützende Burg, hinauszutapsen ins Dunkel, durch das Dunkel des Flurs, nur erhellt von einem schmalen Lichtspalt. Das Rauschen, die Stimmen, unverständliche Worte des leisen Fernsehers, der Sessel von hinten, der Arm auf der Lehne, die Stimme des Nachtmenschen, der dort saß, die Aufforderung, hereinzukommen, näherzukommen. Der Whiskey, der mit jedem Kinderschrittchen stärker roch. Der Rest verdrängt. So gut es geht. Doch nicht vergessen.

Das Wasser am Bett schützte vor dem nächtlichen Schrecken. Nur selten vergaß er auch jetzt noch, als Erwachsener, das Wasser bereitzustellen, auch wenn er es nachts kaum einmal anrührte. Er vergaß es nur, wenn er sturzbetrunken ins Bett fiel. Am nächsten Morgen sich an die Stunden der Nacht nicht mehr erinnernd.

Parnell fuhr mit der Hand ins Innere seiner Stiefel, holte seine Armbanduhr hervor, er drückte auf einen der Knöpfe, das Licht des Displays erhellte den Radius um den Kopf seines Bettes.

Nein, nichts, kein Wasser.

Gerade wollte er sich wieder zurück ins Bett drehen, auf

dem Rücken liegend nach der Uhrzeit sehen, da schwenkte das Licht der Uhr auf sein T-Shirt. Der Kragen war weiß, das Weiß reichte hinunter bis zur Brust, dort wurde es von einem schwarzen Fleck abgelöst.

Der Inspektor hielt das Licht auf den Fleck gerichtet, mit der anderen Hand zog er am Reißverschluss des Schlafsacks, öffnete ihn, auch seine weiße Unterhose war dunkel eingefärbt, er fasste sich an den Bauch, rieb darüber, zog die Beine näher, sah das Dunkel auf den Schenkeln.

Für den Bruchteil einer Sekunde verspürte er keinen Schmerz im Kopf, keinen Kater, nichts, er war mit einem Mal stocknüchtern, er spürte, wie ihm der Schweiß aus allen Poren seines Körpers drang, wie er ihm über die Schläfe lief, von den Haarspitzen ins Gesicht tropfte, sich am Kinn sammelte, unter dem Druck von immer mehr Tropfen sich löste und auf das T-Shirt tropfte.

Auch seine Oberschenkel schwitzten, er streifte mit einer Hand den Schweiß ab, hielt sie ans Gesicht, leuchtete mit dem Uhrenlicht darauf, die Hand hatte sich dunkelrot gefärbt. Er führte die Hand an die Nase, er tupfte mit der Zungenspitze auf die Handinnenfläche, Nase und Zunge bestätigten sich gegenseitig ihre Informationen.

Das war Blut.

Sein T-Shirt, seine Unterhose, seine Schenkel waren voller Blut.

Parnell sprang aus dem Bett, er richtete sich auf. Er blickte direkt in das Gesicht eines Mannes.

Dickes Gesicht, Dreitagebart, ruhiger Atem. Der Mann schlief friedlich.

Der Inspektor befühlte jede Stelle seines Körpers. War er zusammengeschlagen worden?

Parnell war kein aggressiver Trinker. Noch nie gewesen. Das war gut. Einerseits. Andererseits war es gefährlich. Er wurde als Besoffener nicht als potenzielle Gefahr angesehen. Wer als Besoffener keine potenzielle Gefahr darstellte, wurde schnell zum Opfer.

Er spürte keinen Schmerz außer dem Stechen im Kopf, das langsam wiederkehrte.

Er befühlte seinen Kopf. Nein, da war nichts. Das Blut konnte nicht von ihm sein. Er blickte erneut auf die Uhr. Es war ein paar Minuten nach sechs Uhr morgens. Er schaute ins Licht des Türspalts.

Verdammte Wandertouristen! Er hasste Menschen, die freiwillig morgens noch vor Sonnenaufgang aufstanden. Er musste ins Bad, ins Licht, zum Wasser. Er griff nach seinem Koffer, einem alten Lederkoffer seines Vaters, der zwischen den Rucksäcken der anderen Zimmerbewohner stand. Er öffnete ihn, zog ein Handtuch hervor, ein sauberes T-Shirt, mintgrün, eine Jeans, auch seine Waschtasche.

Er ging zur Tür, wollte sie gerade aufstoßen, da verdunkelte der Schatten eines Menschen kurz das Licht. Parnell hatte die Silhouette des Menschen nur für den Bruchteil einer Sekunde gesehen und doch gleich erkannt, dass es sich dabei nicht um einen Wandertouristen handelte. Der Mann hatte eine Polizeiuniform getragen, ein Polizisten-Walkie-Talkie in der Hand.

Der Mann hatte ins Walkie-Talkie gesprochen. Kein Grummeln, klare Worte. Sie ließen Parnell erstarren.

»Nein, ich wiederhole, keine Leiche. Es gibt keine Leiche. Aber das ganze Zimmer ist voller Blut. Das Bettlaken, der Schlafsack auf dem Bett, der Holzboden, die Wand, alles.«

Parnell ging wie von einer automatischen Hand geleitet ein paar Schritte ins dunkle Zimmer zurück. Er stolperte, fiel über seinen noch offenen Koffer. Der Mann im oberen Bett pustete den Schlafatem aus. Schnell stand der Inspektor wieder, er tastete sich am Bett vorbei, im hinteren Teil des Zimmers hatte er die Konturen weiterer Betten erspäht, auch einen Vorhang an der Wand. Er schob den schweren Stoff beiseite.

Draußen blinkten Blaulichter in der Nacht. Ein Dutzend. Mindestens. Am Horizont, hinter den letzten Dächern der Stadt, färbte der neue Tag das Schwarz der Nacht bereits in glänzendes Morgenweiß.

2

Das kalte Wasser weichte das Blut auf und wusch es von der Haut. Das Blut schlängelte sich in den Abfluss. Parnell lehnte den Kopf gegen die schmutzig weißen Fliesen in der Dusche. Er musste das Blut nachts gespuckt haben, so musste es gewesen sein. Es passierte ihm immer wieder. Er verdrängte es, er war schon seit Jahren nicht mehr beim Arzt gewesen.

Als sein Hausarzt vor Jahren umgezogen war, hatte er das sein lassen, das mit den Ärzten.

Er mochte keine Ärzte. Diese Bevormundung. Er mochte Apotheker. Ärzte waren wie Lehrer, wie Eltern. Lehrerblicke, Elternblicke. Apotheker waren wie verdammte Maschinen. Was darf es sein? Etwas gegen Kopfschmerzen? Geld auf die Theke. Schmerzmittel. Kein vorwurfsvoller Blick. Auf Wiedersehen. Und Tschüss.

Er ging, das nasse Handtuch um die Hüften geschlungen, zurück ins Zimmer. Verstohlen blickte er ans Ende des Flurs. Ein komisches Gefühl überkam ihn. Obwohl es irrsinnig war, wollte er nicht verdächtig wirken. Er kannte das von den vielen Verhören, die er in seiner Karriere als Inspektor geführt hatte. Jeder war nervös. Die Unschuldigen waren meist nervöser als die Schuldigen. Da durfte man als Ermittler nichts durcheinanderbringen. Nervosität nicht mit Schuld verwechseln, Angst nicht mit vermeintlicher Täterschaft kombinieren.

Die Unschuldigen zittern vor Angst, die Täter sind kalt.

Wie war er gestern Nacht nach Hause gekommen? Er wusste, dass er sich darüber nicht den Kopf zerbrechen musste. Es würde nichts nützen. Es nützte nie etwas. Alte Filmrollen ließen sich flicken, alkoholbedingte Filmrisse nicht.

No chance. Das klappte nie.

Man folgte in Gedanken dem zurückliegenden Tagesablauf, man folgt den Erinnerungen, bis sie plötzlich am Eingang eines dunklen Tunnels endeten. Und so sehr man versuchte, in diesen Tunnel zu gelangen, es klappte nicht. Irgendeine Kraft hielt einen fest, zog einen zurück.

Die verdammte Zugfahrt war noch da. Komplett. Warum konnte nicht auch die beschissene Zugfahrt im Dunkel des Tunnels verschwunden sein? Als Parnell nach vier Speight's Gold Medal Ale immer noch nur leicht benebelt war, ließ er es bleiben, versuchte zu schlafen, lief nach der Ankunft ziellos Richtung Zentrum dieser Stadt im Süden der Südinsel, die er nicht kannte, in der er noch nie war, die er nur ausgewählt hatte, weil sie ihm das Ende der Welt schien.

In einem Supermarkt in der Nähe des Octagon hatte er sich eine Flasche gekauft. Heaven Hill. Sein Lieblingswhiskey. Aus Louisville, Kentucky. USA. Sechsundzwanzig Dollar. Für einen Import gar nicht mal so teuer. Geschmacklich überragend für den Preis.

Der erste Schluck sofort. Auf der Toilette einer Cafeteria. Den zweiten auch. Noch einen dritten, einen großen.

In einem Burger King hatte er sich einen großen Becher mit Plastikdeckel geholt, den Rest des Flascheninhalts hineingelehrt. Einen Strohhalm hineingesteckt.

Liebeszorn konnte so erbärmlich sein, Männer zu erbärmlichen Kreaturen verformen.

Inspektor Frank Parnell, 1573 Kilometer von seiner Heimatstadt Auckland entfernt. Auf einer Parkbank, in einer fremden Stadt, Whiskey aus einem Burger-King-Becher.

Der Strohhalm war das Problem gewesen. Ganz sicher. Durch den Strohhalm gelangte nur Flüssigkeit und Alkohol in den Magen. Kein Sauerstoff. Das haute rein.

Er erinnerte sich, dass er vom Park zurück zum Burger King gegangen war. Er erinnerte sich, dass ihn ein Security-Mann aus der Schlange an der Theke gefischt hatte. Ihn aufgefordert hatte, den Laden zu verlassen und die verdammte Zigarette auszudrücken.

Er erinnerte sich nicht mehr, ob er protestiert hatte oder nicht. Er vermutete, nicht.

Er erinnerte sich noch, durch die Innenstadt gelaufen zu sein, sich nach einer billigen Backpacker-Herberge erkundigt und ein Taxi gerufen zu haben, hier, im Black Penguin, gelandet zu sein.

Billigstes Zimmer, Bezahlung im Voraus, kalte Dusche, ein Stück Ausnüchterung, aber nicht zu viel, neues T-Shirt, alte Jeans, ein schnelles Bierchen unten am Empfang.

Er hatte den Rezeptionisten ja schlecht nach einer Flasche Schnaps fragen können. Pete, der Eigentümer der Herberge, hatte ein Bierchen mitgetrunken, sie hatten vor der Tür gemeinsam eine geraucht, die Stadt hatte bereits in der Dämmerung gelegen, alles hatte gelb geleuchtet.

Dann war er wieder losgezogen.

Pete hatte ihm das Anchor Heart empfohlen. Siebzehn Bier vom Fass. Die besten Fish and Chips der Stadt. Eine gute Auswahl an irischem und neuseeländischem Whiskey. Die Biere vom Fass interessierten Parnell nicht, auch nicht die Fish and Chips, er hasste Fish and Chips, vielleicht weil ihm das überbackene neuseeländische Nationalgericht tatsächlich zu fettig war, vielleicht weil er der Allgegenwärtigkeit des simplen Gerichts einfach überdrüssig war.

Er hatte ein Taxi zurück in die Innenstadt genommen und nach einigem Herumirren in der Fußgängerzone die Kneipe im letzten Eck einer kleinen, feuchten, dunklen Seitengasse gefunden.

Drei Treppen in ein Kellergeschoss hinab, krächzende Holztür. Tannengrün gestrichen. Bröckelnde Farbe. Messinglöwe mit Klopfring im Maul.

Pete hatte Parnells Geschmack voll und ganz getroffen. Unwiderstehliche Geruchsmischung aus Männerschweiß, Zigarettenrauch, abgestandenem Alkohol, Pisse, fettigen Vorhängen, staubigen Billardtischbezügen.

Er hatte sich an die Theke gesetzt. Beschlossen, aufs Essen zu verzichten. Keine besten Fish and Chips der Stadt. Gleich Whiskey. Den Hunger wegtrinken.

Dann kam der Tunnel.

Irgendwo mussten sie doch sein. Er leuchtete mit der Armbanduhr noch einmal alles ab. Durchwühlte den Koffer, hob den Schlafsack, das Kissen, die Matratze, leuchtete unters Bett.

Verdammte Scheiße.

Sie waren weg. Waren sie ihm gestohlen worden? Hatte er sie im Anchor liegen lassen? Was war im Anchor noch geschehen? Hatte er ein Taxi nach Hause genommen? Lagen sein Portemonnaie und sein Handy in einem gottverdammten Taxi?

Er zog sich das T-Shirt über, die Jeans an und ging wieder auf den Flur hinaus, schloss die Tür leise. Entschlossen schritt er zum Ende des Flurs. Die Zimmertür ganz hinten rechts stand offen und war doch verschlossen. Gelbes Polizeisicherheitsband versperrte den Weg. Zwei Polizisten standen Wache.

»Morgen, Jungs«, sagte Parnell, spähte über ihre Schultern und fuhr erschrocken zurück. Die Funkdurchsage des Polizisten, die er vorhin mitbekommen hatte, war nicht übertrieben gewesen.

Das Zimmer glich einem Schlachtfeld.

Die beiden Polizisten vor der Tür verzogen keine Miene, sie erwiderten den Gruß nicht, sie rückten enger zusammen.

Parnell versuchte ein Grinsen, doch seine Gesichtsmuskulatur war wie versteinert.

»Ich bin ein Kollege. Inspektor Parnell …«

Aus Gewohnheit wollte er in die hintere Tasche seiner Jeans greifen, wo normalerweise sein Portemonnaie steckte. Verlegen hob er auf halber Strecke der Bewegung die Hand und fuhr sich durchs Haar.

»Mordkommission, Auckland. Was ist hier passiert?«

Er stellte sich auf die Zehenspitzen und hob das Kinn, um über die breiten Schultern der beiden Polizisten spähen zu können. Im Zimmer befanden sich weitere Beamte. Zwei Männer in weißen Schutzanzügen knieten auf dem Boden und markierten mit Kreide einige Stellen. Zwei Männer in Trenchcoats standen in der Mitte und unterhielten sich. Parnell konnte ihre Worte nicht verstehen. Sie waren zu weit entfernt.

Sein Blick schweifte von den blutverschmierten Wänden zum Bettlaken.

»Verschwinden Sie!«

Die Stimme eines der beiden Polizisten bellte ihm von der Seite ins Ohr.

»Hau ab.«

Der andere Polizist schob ihn zur Seite.

»Gaffer!«

Die Stimme des ersten klang nun noch zorniger.

»Abmarsch.«

Das Schieben wurde fester.

Einer der Polizisten machte eine Handbewegung, so wie man einen Hund oder eine Fliege verscheuchte.

»Hier gibt es nichts zu sehen, Tourist. Pack deinen Rucksack, geh wandern, geh Pinguine beobachten.«

Parnell wagte einen letzten Blick. Er wusste, dass es Zeit war zu gehen, er wusste, dass die beiden nicht spaßten.

Er würde genauso reagieren.

Der Blick erreichte die Holzbettkante, das weiße Laken, das sich in der Mitte rot färbte. Darauf lag eine Pyramide aus Federn. Nicht weiße, feine Entendaunen, wie sie in Federbetten zu finden waren.

Die Federn waren dick und schwarz. Das waren die Federn eines Pinguins, dessen war sich Parnell ganz sicher.

3

Pete stand am Rezeptionstresen. Draußen war es heller geworden. Die Blaulichter vermischten sich mit dem Morgenrot. Parnell versuchte, die Miene des Besitzers des Black Penguin zu deuten.

Da war keine Sorge, keine Beunruhigung zu sehen. Pete brummte. Es war wohl ein Guten-Morgen-Brummen.

Der Inspektor brummte zurück.

»Was 'n da oben los, Pete? Rauben einem ja den Schlaf, die Bullen.«

Pete musste ja nicht wissen, dass er selbst auch einer von ihnen war. Auch ein Bulle.

Pete hob die Schultern.

Nach einigen Sekunden merkte er wohl, dass sich sein Gegenüber mit dieser Antwort nicht zufriedengab.

»Es geht um ein Mädchen. Sie war Gast hier im Penguin. Seit Wochen schon. Doch seit letzter Woche lässt sie sich nicht mehr blicken.«

Pete machte eine kurze Pause. Zog eine Zigarette aus der Hemdtasche, entzündete sie, griff nach einem Energy-Drink, Demon Energy Original, kippte sich das klebrige Zeug in den Rachen, ohne zu schlucken. Das Telefon klingelte, er nahm den Hörer, hob ihn kurz wenige Zentimeter hoch, setzte ihn wieder auf die Muschel.

»Machen mir das Geschäft kaputt, diese Scheißbullen. Wollen die ganze Etage absperren. Dabei ist die zweite Etage die, in der es auch Einzelzimmer gibt. Sparfüchse wie du, die in den Schlafsälen übernachten, bringen mir finanziell nix. Nix für ungut, aber das Geld mache ich mit den Einzelzimmern. Das Mädchen hatte drei Wochen im Voraus bezahlt. Cash.«

»Ist sie ...«

Parnell musste nicht weitersprechen.

»Du meinst –«

Auch Pete sprach nicht weiter. Er hob einen seiner dicken Arme, darauf eine Tätowierung. Eine Schlange mit Schwert. Schweiß rann ihm übers Gesicht, tropfte vom dicken Doppelkinn auf das schmutzige Unterhemd. Er fuhr sich mit der flachen Hand an der Kehle entlang.

Er grinste. Dann schüttelte er den Kopf.

»Nein, zumindest nicht hier.«

Ob sie tot war oder nicht, schien ihn nicht zu interessieren. Wichtig schien ihm nur, dass sich in seiner Backpacker-Herberge keine verdammte Leiche befand.

»Bei meinem täglichen Rundgang heute Morgen hat mich etwas stutzig gemacht. Ich habe auf der Treppe Federn gefunden. Pinguinfedern. Nicht eine oder zwei. Dutzende. Ein, zwei Federn, das kommt schon mal vor. Die Touristen schleppen die mit ihren Trekkingschuhen von den Pinguinstränden hierher. Aber das hier war schon ungewöhnlich ...«

Seine Augen weiteten sich, seine fleischigen Wangen röteten sich. Er wirkte wie ein angsteinflößender Märchenerzähler.

»Die Federn waren wie zu einer Spur gelegt. Sie führten zur letzten Tür des Flurs. Ich folgte der Spur, ich öffnete die Tür und –«

Nun schluckte der Mann.

Parnell sah, wie das Blut aus den Wangen wich. Fast war er erleichtert über die menschliche Reaktion.

»Wer ist das Mädchen?«, fragte er.

Er überlegte kurz, ob es klug war, diese Frage zu stellen. Ob es klug war, überhaupt Fragen zu stellen. Als ginge ihn dies alles etwas an. Er wusste, war einmal eine Frage gestellt, würden weitere folgen. Er konnte nicht anders. Er war ein verdammter Polizist, auch wenn das dieser Pete nicht zu wissen brauchte. Auch wenn er im Urlaub war.

Im Ich-scheiß-für-den-Rest-meines-Lebens-auf-die-Welt-und-sauf-mich-kaputt-Urlaub.

Diese Frage konnte seinem selbstzerstörerischen Vorhaben in die Quere kommen. Seinem Dasein neuen Sinn geben. Allen Liebesschmerz verdrängen. Auch den sonstigen Schmerz. Diese Frage konnte der Anfang einer Droge sein. Ersatzalkohol, Ersatzwhiskey.

Er hätte einfach noch einmal hochgehen, seinen Koffer zusammenpacken, wieder runterkommen, Pete ein paar Scheine auf die Theke knallen und mit dem Taxi zum Bahnhof fahren können. Mit dem Zug nordwärts.

Er wusste, er würde es nicht tun.

»Sie hieß ... heißt ... was auch immer ... Marianna. Marianna Casey. Zumindest hatte sie mir diesen Namen beim Check-in genannt.«

Namen bedeuteten nichts in Neuseeland. Das hatte Parnell oft genug erfahren müssen. Neuseeländer waren gutgläubige Menschen. Ein schöner Wesenszug eigentlich. Noch nicht einmal in verdammten Fünfsternehotels wurden Gäste mit Fragen nach einem Ausweis oder einem Pass belästigt.

No sir, not at all, no, no, we trust you.

Was für polizeiliche Ermittlungen ein Horror war, mit dem er nun seit Jahrzehnten schon zu leben hatte.

Es drängte ihn, diesen, wenn auch vielleicht falschen, Namen auf einen Block zu schreiben, den er sonst bei Ermittlungen stets bei sich trug. Doch er hatte keinen Block mit nach Dunedin gekommen.

Er war hergekommen, um zu vergessen. Notizen waren das Gegenteil davon.

»Was hat sie gemacht, die Tage, bevor sie verschwand?«

Wieder das Heben und Senken der Schultern.

»Hast du mit ihr gesprochen?«

Heftiges Kopfschütteln.

»Nur beim Check-in.«

Letzte Möglichkeit, das alles sein zu lassen.

Ein paar Sekunden vergingen, Parnell wollte sich schon wieder verabschieden, raus in den Morgen treten. Ein Spaziergang in Richtung Stadtzentrum würde ihm sicher guttun, dachte er sich.

Die frische Meeresbrise einatmen, die Kneipe von gestern suchen. Vielleicht hatte er Handy und Portemonnaie ja tatsächlich dort liegen gelassen, vielleicht hatte ein ehrlicher Kneipenbesitzer oder eine ehrliche Putzfrau den Fund zur Seite gelegt.

»Und einmal hat sie mich nach einem Tipp für eine Pinguintour gefragt.«

Pete griff wieder zum Energy-Drink, die Zigarette hatte er mit wenigen Zügen aufgeraucht, er hielt immer noch den erloschenen Stummel in der Hand.

»Alle wollen sie zu den Pinguinen. Ich kann's nicht verstehen. Pinguine. Was soll an denen so besonders sein? Viecher – wie alle anderen.«

Parnell hatte keine Lust, über Pinguine zu reden, auch nicht, darüber nachzudenken, ob er sie mochte oder nicht.

Sie waren ihm egal.

»Und?«, fragte er.

»Und was?«, fragte Pete zurück und zündete sich eine zweite Zigarette an.

»Was hast du ihr empfohlen?«

»Das, was ich allen empfehle.«

Er drehte sich zur Tür und streckte den Arm aus. Und zeigte auf die andere Straßenseite.

»Ich empfehle allen *Mike's Penguins & Adventure Tours.* Mike ist ein alter Kumpel von mir, mit Mike war ich im Kindergarten, in der Schule, Mike und ich, wir sind nie weg aus Dunedin, wir haben immer hier gewohnt, er da drüben, ich empfehle ihn, er mich, das gleicht sich dann aus. Teamwork. Wir sind die Jungs vom Stadtrand. Wir müssen zusammenhalten.«

Nun schaute auch Parnell zur Tür hinaus. Es war hell geworden. Der Wind rauschte in den Blättern der Bäume, einige der Garagentore waren bereits geöffnet, Autos unterwegs in die Stadt, zur Arbeit, ein Schulbus stand an der Busstation.

»Adventures und Pinguine«, murmelte der Inspektor mehr in sich hinein als vor sich hin. Dann räusperte er sich und erhob die Stimme.

»Sag, Pete«, eine letzte, peinliche Frage lag ihm auf den Lippen. »Gestern Abend ...«

Weiter kam er nicht.

»Ordentlich gesoffen, hm?«, unterbrach der Rezeptionist ihn.

Parnell schaute verwirrt.

»Hast du mich ... ich weiß nicht mehr ... wie spät bin ich zurückgekommen?«

Pete lachte laut auf.

»Keine Ahnung, Kumpel, ich mache um zwei Uhr Feierabend und fang erst um sechs wieder an. Um zwei warst du noch nicht da. Wusste ich doch, dass das Anchor Heart die richtige Kneipe für einen wie dich ist. Ich hoffe, du hast deinen Spaß gehabt.«

4

Die Treppe, die zur Holzveranda führte, war morsch und knarzte bei jedem Schritt. Links der Tür hing ein verrostetes Schild. Sonne und Regen hatten die Farben des Schildes ausgeblichen. Nur schwer entzifferte Parnell die blasse Schrift:

Mike's Penguins and Adventure Tours

An der Tür hing eine Maori-Schnitzerei, ein Gesicht aus dunklem Holz mit Smaragdaugen und herausgestreckter Zunge.

Der Inspektor pochte gegen den dünnen Glasstreifen der Tür. Die Scheibe erzitterte. Er wartete. Nichts. Er zählte in Gedanken bis zehn. Bei fünf überlegte er, umzudrehen, einfach wegzugehen, bei zehn pochte er noch einmal. Diesmal gegen das Holz.

Er formte beide Hände zu Scheuklappen, hob sie auf Augenhöhe, presste die Stirn gegen die Scheibe und wollte ins Innere des Hauses spähen.

Erschrocken fuhr er zurück. Ein kurzer Schrei war ihm

entwichen. Es folgte ein Hustenanfall. Er hatte den Mann nicht herantreten sehen.

Das Gesicht hatte regungslos hinter der Scheibe geruht und ihn angestarrt. Ein stinknormales Pinguintouren-Veranstalter-Gesicht. Braungebrannte Haut, dünnes, zu einem Pferdeschopf zusammengebundenes dunkelbraunes Haar. Dunkelbraune Augen. Spitzbärtchen.

Der Mann öffnete die Tür, Parnell hatte seinen Husten immer noch nicht unter Kontrolle.

»Brauchen Sie einen Schluck Wasser?«, fragte der Mann, der Mike sein musste. Höhnischer Unterton.

Parnell starrte über die Schultern des Mannes hinweg ins Haus. Teppichboden. Deshalb hatte er keine Schritte gehört.

»Danke, nein, ich …«

»Pinguine oder Dschungel?

»Was?«

Langsam kam der Inspektor wieder zu Atem.

»Pinguine kostet sechzig Dollar, Dschungelwanderung je nachdem, wie weit, lang, wie tief Sie reinwollen.«

»Ich nein, ich …«

»Pinguine, Sie wollen zu den Pinguinen, nicht wahr? Ich erkenne Pinguinkunden sofort. Am Gesicht, am Gang, am … ihr Pinguinkunden seid softer, braver.«

Die Zuordnung gefiel Parnell überhaupt nicht.

Soft. Brav. Wirkte er wirklich so?

Er dachte immer, und das war auch als Polizist seine Erfahrung, dass er eigentlich ein bedrohliches, Respekt einflößendes Auftreten habe. Er spürte, wie seine Augen brannten. Wahrscheinlich war dem nicht so, wenn er dermaßen verkatert war. Er musste ein schreckliches Bild abgeben.

Er atmete tief aus, in der gleichen Sekunde realisierte er, dass sein Atem genauso schrecklich riechen musste.

Egal.

Alles wegschieben. Schlechtes Gewissen wegen eines Katers, das hatte er sich schon längst abgewöhnt. Das Ich-sterbe-gleich-Gefühl, das er nur zu gut kannte, hatte er schon vor Jahren gelernt, einfach beiseitezudrängen. Vom Saufen starb er nicht. Zumindest nicht unmittelbar. Früher, viel früher, wahrscheinlich viel zu früh, aber nicht am Tag des Katers.

Am Tag des Katers galt es, alles einfach durchzustehen, die Stunden vergehen zu lassen, bis irgendwann im Kopf sich aller Schmerz löste und verpuffte.

Mit seinen Versprechen, dass dies das letzte Mal gewesen sei, ganz sicher, nie wieder, hatte er eigentlich schon vor Jahren abgeschlossen, sich geschworen, dies bleiben zu lassen. Weil er wusste, dass es ein leeres Versprechen war.

Doch warum kamen ihm gerade heute diese Gedanken wieder in den Sinn?

Er ahnte es.

Er ahnte, dass er sich heute tatsächlich nach langer Zeit wieder vornehmen würde, es erneut zu versuchen.

Trocken bleiben. Keinen Schluck mehr anrühren.

Weil es ihm heute bei dem Vorhaben nicht um den Alkohol ging, nicht um seine Gesundheit, nicht um ein langes Leben, nicht um all diesen Spießerblödsinn.

Es ging um etwas Wichtigeres.

Es ging um die verlorenen Stunden.

Was war in diesen Stunden passiert? Blackouts hatte er schon viele gehabt in seiner Alkoholikerkarriere. Aber noch niemals hatte ihn das undurchsichtige Schwarz dermaßen aus der Bahn geworfen.

Was hatte er getan? Wie war er nach Hause gekommen? Wann? Was war mit diesem Mädchen? Und mit dem Blut auf seiner Kleidung?

Er spürte, wie ihm der Schweiß erneut aus allen Poren drang. Wie der Mund austrocknete, die Lippen aufeinanderklebten.

Gott, Frank, Frank, Frank, verdräng diese Gedanken. Weg mit ihnen. Du kennst dich doch, Frank. Du bist ein harmloser Säufer, ein kaputter Polizist. Kein guter Mensch, aber auch kein schlechter.

Er wusste, er konnte es nicht dabei belassen. Er musste nach ihr fragen. Er wusste nicht, warum, vielleicht war es das letzte Fünkchen Polizistenantrieb in ihm, das ihn fragen ließ, vielleicht war es die Angst vor sich selbst.

Er löste die Zunge vom Gaumen, wie Klebepapier.

»Ich, äh, ich will keine Tour buchen.«

»Keine Pinguine? Keinen Dschungel, Mann? Warum um Gottes willen, sind Sie dann hier runter nach Dunedin gekommen? Das schöne Wetter kann's ja kaum sein, Kumpel?«

Der Mann grinste breit und schaute in den Himmel. Parnell tat es ihm gleich. Schwarze Wolken zogen vom Westen her über die Stadt. Sie warfen dunkle Schatten über die Wälder.

»Ich suche ein Mädchen.«

Die Wahrheit und doch eine Lüge.

Er suchte nach der Vermissten, der wahrscheinlich Toten der vergangenen Nacht. Aber er war nicht auf der Suche nach einem Mädchen nach Dunedin gekommen. Er war vor einer Frau geflohen, Elizabeth, Sister Gold. Er war geflohen vor der unglücklichen, schmerzhaften Liebe, vor der unerträglichen Sehnsucht nach ihr.

»Ich suche auch nach Mädchen, Kumpel. Verdammt. Die ganze Zeit. Mädchen, Mädchen. Verdammt, wo sind sie?«

Mike brach in krächzendes Gelächter aus.

Parnell war unsicher, ob sein Gegenüber ihn verarschte oder ob dieser Mann verrückt war.

»Das Mädchen heißt Marianna Casey. Sie hat vor zwei Wochen hier drüben im Black Penguin eingecheckt. Nun ist sie verschwunden.«

Mehr musste Mike nicht wissen.

»Ist sie deine Braut, Kumpel? Hm?«

Mike zuckte mit der Zunge an der Oberlippe hin und her.

Wenn sie seine Braut gewesen wäre, hätte Parnell dem Typen spätestens jetzt einen in die Fresse verpasst.

Stattdessen fasste er sich in die Hosentasche. Ein Reflex. Da war kein Portemonnaie. Kein Dienstausweis.

»Nein, ich ... sie ... ich ermittle.«

Er atmete tief aus.

»Privat.«

Der Mann trat einen Schritt zurück, lehnte sich an den Türrahmen. Er schaute verächtlich.

»Schnüffler? Privat? Detektiv? Das sind die Allerschlimmsten. Da sind mir die Scheißbullen noch lieber.«

Spätestens jetzt hätte Parnell zum zweiten Mal zugeschlagen. Wenn er die Kraft dazu gehabt hätte. Doch seine Arme hingen schlaff an seinem Oberkörper herunter. Die Muskeln schmerzten.

Er antwortete nicht. Ihm war klar, dass sein Gegenüber das Ausbleiben der Antwort als Treffer wertete. Wahrscheinlich würde er jetzt die Tür schließen. Kein Ermittlungsergebnis. Doch der Mann kam wieder einen Schritt auf ihn zu. Er griff hinter den Rücken.

Für den Bruchteil einer Sekunde dachte Parnell, der Mann würde einen Revolver ziehen.

Hoch und bumm.

Aus.

Wäre ihm auch egal gewesen. Kein schlechter Tod. Erschossen auf einer Veranda in dieser verdammten Stadt, über der sich die schwarzen Wolken nun vollends zusammengebraut hatten. Und das Unschuldsblau des Morgenhimmels verdeckten.

Erste, dicke Tropfen platschten auf das Gras und das Holz der Häuser.

Als er wieder aufsah, hielt Mike eine verknüllte Zigarettenschachtel in der Hand. Er zündete sich eine Zigarette an, blies dem Inspektor den Rauch ins Gesicht.

Parnells Zucken im Kopf wurde stärker, kurz kam ihm die Galle hoch, ätzende Flüssigkeit, er hatte ja sonst nichts im Magen.

Wenn er diesen Tag schon überleben musste, dann wollte er zumindest *nie* wieder eine rauchen. Das schwor er sich nun tatsächlich. Und für ein paar Sekunden glaubte er tatsächlich daran.

»Sie war hier.«

Die Stimme riss ihn aus seinen wirren Gedanken.

Wieder das überhebliche Grinsen.

Parnell glaubte ihm nur, weil er keine andere Wahl hatte.

»Vor ein paar Tagen.«

Mike schien es zu genießen, sein Wissen häppchenweise preiszugeben.

Sadist.

»Sie hat eine Tour gebucht.«

»Dschungel oder Pinguine?«

Der Mann inhalierte, blies den Rauch aus.

Parnells Hirn stach und drückte.

»Pinguine. Sie war ein Pinguinmädchen.«

»War sie allein?«

Mike nickte. Was Parnell überraschte, denn er hatte bislang keine Frage sofort beantwortet. Vielleicht war er mittlerweile ebenso genervt vom Gespräch wie der Inspektor.

»Was wissen Sie über sie? Haben Sie mit ihr gesprochen während des Ausflugs?«

Der Mann schüttelte den Kopf.

Weiter. Frage für Frage abhaken. Wie immer.

»Ist Ihnen sonst ...?«

»Ja. Etwas ist mir aufgefallen.«

Ein Zug an der Zigarette, noch einer. Parnell zählte leise bis drei. Ruhig bleiben. Nicht die Geduld verlieren. Da war ein Hoffnungsschimmer. Oder aber es war ein Spielchen.

»Sie hat bar bezahlt.«

Noch ein Zug, dann landete die Zigarette im Rasen.

»Bar? Das ist doch nicht ungewöhnlich. Viele ...«

»Nein, Kumpel. Das war ungewöhnlich. Sie hat ihr verdammtes Portemonnaie aus ihrem verdammten Rucksack geholt, es geöffnet und alle Scheine auf den Tisch gelegt.«

Er zeigte hinter sich. Er musste irgendeinen Tisch im Inneren des Hauses meinen.

»Viele Scheine. Große Scheine. Hunderter. Zwei Packen. Tausende Dollar. Entweder hatte die gerade eine Bank ausgeraubt oder sie ist ... war die Tochter des Bankdirektors der Bank of New Zealand. Sie hat nicht einmal nachgefragt, wie viel die Tour kostet. Sechzig Dollar, habe ich gesagt. Sie hat hundert hingelegt. Passt schon, sagte sie ohne mit der Wimper zu zucken. Ich Dummkopf. Ich hätte dreihundert sagen sollen. Ich hätte ihr, verdammt noch mal, ihr ganzes Geld abluchsen und abhauen sollen. Mein ganzes Leben bin ich nicht abgehauen aus diesem Kaff, aber mit zwei Packen Hunderter hätte ich sofort aufbrechen können. Weg von hier. Rein ins Flugzeug, hoch in die Welt. Nach Europa. Soll gutes Essen geben da. Nach Argentinien. Gute Steaks. In die USA. Dort soll man aus einer Million schnell zwei machen können. Aus zwei zehn.«

Parnell trat einen Schritt näher an Mike heran. Er roch den Nikotingestank.

Alles auf eine Karte, entschied der Inspektor.

Als Polizist musste er oft vorsichtig sein. Die Zeit wirken lassen. Doch hier nun war er nicht Polizist. Er war Privatermittler. Schnüffler. Was immer der Typ, dem er gegenüberstand, auch meinte, was er sei. Schnüffler in eigener Sache. Eigene Regeln. Dunedin-Regeln.

»Und was, wenn Sie das tatsächlich getan haben? Was,

wenn Sie ihr Geld genommen haben, sie sich gewehrt hat, Sie haben sie gepackt, geschlagen, gewürgt? Sie liegt jetzt da hinten …«

Parnell zeigte in den Flur hinein.

Nun trat der Mann noch einen Schritt näher heran. Er reckte den Kopf nach vorn, sein Hals schien sich auseinanderzuziehen. Wie bei einer Echse.

Fast berührten sich die Nasenspitzen.

Als der Mann den Mund öffnete, roch Parnell neben dem Nikotinatem nun auch eine Mischung aus Zwiebel und Wurst.

»Verschwinde, du Ratte! Hau ab, oder ich rufe die Bullen.«

5

Regenwetter. Eigentlich liebte Parnell das. Die frische, klare Luft. Besser als Medizin. Durch eine ihm unbekannte Stadt streifen. Ohne Ziel. Sich von der nächsten Kreuzung überraschen lassen. Mit keinem Menschen sprechen, nichts vorhaben. Wenn Neuseeland keine verdammte Insel wäre, dann wäre er am liebsten einfach weitergelaufen, einmal um die Welt.

Parnell überlegte, ob er es tatsächlich schaffen würde, keinen Alkohol mehr zu trinken. Das mit dem Rauchen würde er nicht durchhalten, das war ihm jetzt schon klar. Eigenartigerweise wurde mit jedem frischen Atemzug sein Verlangen nach dem würzigen Geschmack einer Selbstgedrehten größer, das Verlangen nach dem angenehm berauschenden Nikotinflash der ersten Zigarette am Morgen.

Das war einerseits ein gutes Zeichen. Wenn das Verlangen nach einer Zigarette zurückkehrte, dann war der Kater bald besiegt. Gleichzeitig war das eine schlechte Nachricht. Wenn das Verlangen nach einer Zigarette zurückkehrte, dann lauerte auch das Verlangen nach Alkohol hinter der Ecke. Die nächsten Stunden würden nicht einfach werden.

»Kleine Schritte«, flüsterte Parnell vor sich hin. Das hatte er einmal in einer Zeitschrift in irgendeinem Wartezimmer beim Arzt gelesen. »Nimm dir kleine Schritte vor!«

Keinen Schluck bis morgen früh. Das schaffst du!

Das schaffst du aber nur, wenn du dir nicht eine zweite Baustelle eröffnest. Keinen Alkohol und keine Zigaretten, das ist zu viel. Du kaufst dir jetzt Tabak und konzentrierst dich darauf, nicht an Alkohol zu denken.

Parnells Hirn war schon dabei, seinen Willen zu überlisten. Er wollte es nur noch nicht wahrhaben.

Er war die Hauptstraße entlang in Richtung Zentrum gelaufen. Der Boden war nass vom Regen, die schwarze Wolkendecke lockerte wieder auf, erste Sonnenstrahlen durchstachen sie, trockneten die Blätter.

Der Inspektor steuerte auf den nächsten Supermarkt zu, kurz vor der Tür fiel ihm ein, dass er ja keinerlei Geld in der Tasche hatte. Mit diesem Bewusstsein stieg das Verlangen nach Nikotin um ein Hundertfaches an. Die Sucht hatte gewonnen. Sein Wille hatte verloren. Er drehte sich um sich selbst. Die Beine hatten ihn durch einige Seitengassen zurück auf die Hauptstraße getragen. Er stand nun mitten auf einem achteckigen Platz am Rathaus. Dem Octagon. Backsteingebäude umrundeten ihn. Die Passanten liefen an ihm vorbei. Mit gesenkten Köpfen. Auf dem Weg zur Arbeit. Regenponchos über den Anzügen. Brillen von Regentropfen besprenkelt.

Sein Instinkt ließ seine Augen nach Rauchern Ausschau halten, nach Grüppchen, Raucher sammelten sich immer in Grüppchen. Er suchte Dachvorsprünge. Raucher stellten sich immer unter Dachvorsprünge. Auch wenn es nicht mehr regnete.

Seine Sucht hatte längst beschlossen, jemanden anzusprechen, nach einer Zigarette zu fragen. Sein Ehrgefühl hatte sich längst geschlagen gegeben.

Er wurde das seltsame Gefühl nicht los, in diesem Augenblick beobachtet zu werden. Die Überwachungskameras an den Hauswänden, Teil eines großen Inszenierungsplans.

Reality-TV auf einem Sender, den ganz Neuseeland kannte, nur er nicht. Weil er der Protagonist war. Protagonist wider Willen.

Die Leute starrten ihn an. Sie schmunzelten, sie grinsten. Warum schmunzelten die?

Ihm war, als erkenne er einzelne Gesichter. Als wären ihm einige davon im Leben schon einmal begegnet.

Der Mann, der zehn Meter entfernt rechts an ihm vorbeilief. Woher kannte er ihn? Aus Auckland? Kannte er ihn ganz sicher? Oder doch nicht? War es ein Kollege aus einer anderen Abteilung? Bullshit.

Parnell schüttelte sich. Er verdrängte seine wirren Gedanken.

Vorn an der Treppe des Rathauses sah er eine blonde Frau, sie hielt beide Hände ans Gesicht, Rauch stieg zwischen ihren Handballen auf.

Sie war zu weit weg. Parnell sah ihr Gesicht nur verschwommen. So, aus der Ferne, konnte sie auch Sister Gold sein. Kurz wünschte er sich, sie wäre es. Die fatale Liebesglut schlummerte immer noch in ihm. Wie hatte er sich ihr nur so schutzlos hingeben können? Frauen sind Monster. Zerstörer.

Er beschloss, die Frau anzusprechen, sie in ein Gespräch zu verwickeln, sie dann beiläufig um eine Zigarette zu bitten. Möglichst ohne das Gesicht zu verlieren. Und nicht wie ein süchtiger Nikotinjunkie zu wirken.

Sie schaute auf, ihm war, als blickte sie in seine Richtung.

Instinktiv griff er in die vordere Hosentasche, in der sich das Feuerzeug befand. Er spürte etwas Weiches, es kitzelte seine Finger. Er drehte die Tasche nach außen, das Feuerzeug fiel auf den nassen Boden des Platzes, es leuchtete neongelb im tristen Grau.

Schwarze Pinguinfedern rieselten zu Boden.

6

Der Wind blies vom Norden her über die Bucht und ließ die Sandkörner wie Raketen über den Hügel schießen.

Parnell liebte die Strände seiner Heimat, vor allem die Strände der tasmanischen Küste vor Auckland. Er surfte nicht, er schwamm nicht, er war der festen Überzeugung, der Mensch gehörte an Land, sonst hätte ihm die Natur Flossen und Kiemen und keine verdammte Raucherlunge geschenkt.

Er mochte das Meer, aber er stürzte sich nicht hinein. Er respektierte es, fürchtete es ein wenig. Er saß lieber im Abstand von ein paar Metern an der Brandung und beobachtete hin und wieder die Surfer, die Schwimmer, während er in den gesammelten Songtexten von Nick Cave blätterte und sich über den Wind ärgerte, der in die Seiten blies.

Hier in Dunedin gab es um diese Jahreszeit kaum Schwimmer oder Surfer. Kein Nick-Cave-Sammelband. Nur den Wind. Der Strand war noch rauer, wilder, naturbelassener, als es Parnell von den Stränden an der Nordküste kannte.

Der Busfahrer hatte nur genickt, nachdem Parnell eingestiegen war und etwas gemurmelt hatte.

»... Brieftasche verloren ... muss mir gestern bei einem Pinguinausflug am Strand aus der Tasche gefallen sein ...«

Das liebte der Inspektor an seiner Heimat, an Neuseeland. Es gab keine Prinzipienreiterei. So funktionierte dieses Land am Ende der Welt nicht. Es funktionierte anders. Es basierte auf einem Grundgedanken von Ehrlichkeit und Vertrauensvorschuss.

Meistens jedenfalls.

Solange nicht in einer Backpacker-Herberge ein Mädchen vermisst wurde und ihr Zimmer voller Blut war.

Es war später Vormittag gewesen, als der Busfahrer ihn am Backsteinbahnhof von Dunedin aufgenommen hatte. Der

Bus schlängelte sich zur Stadt hinaus, in Richtung Otago-Halbinsel, wo sich die Pinguinkolonien von Dunedin heimisch fühlten.

Im Tourismuszentrum am Bahnhof hatte Parnell sich vorab darüber schlau gemacht. Dutzende Pinguine nisteten in den Dünen, Wiesen und Büschen der Halbinsel, die weitgehend ein Naturschutzgebiet war. Tagsüber schwammen sie auf den offenen Ozean hinaus, um Fische zu fangen, abends ließen sie sich von den Strömungen und der Ebbe zurück an den Strand tragen.

Auf einer Landkarte zeigte ihm die Dame von der Auskunft, von welcher Bushaltestelle aus ein Trampelpfad zunächst durch den Wald, dann durch die Dünen zu einer Bucht führte, an der normalerweise die Touristentouren stattfanden.

In einer kleinen Holzbaracke an einem Felsen am Rand der Dünen könne man auf die Dämmerung warten.

Die Holzbaracke glich einem Bunker, wie Parnell sie aus dem Geschichtsunterricht kannte. Geschichte hatte ihn nie sonderlich interessiert. Die Welt da oben konnte ihm gestohlen bleiben. Er dachte nicht in den Kategorien von Feinden und Freunden, er dachte in Gut und Böse.

Alles was nicht böse war, sollte erlaubt sein. Vielleicht war das ein typisch neuseeländisches Denken. Ein Denken von Inselmenschen. Weil es keine Nachbarländer gab. Kein neues Land, das es zu erobern gab, nur das Meer, das natürliche Grenzen setzte, das in all seiner Macht nicht zu besiegen war. Nur zu entdecken, soweit es die Entdeckung zuließ.

Parnell schaute zum Horizont. Weiße und graue Wolken mischten sich ineinander. Der Wind pfiff durch die Ritzen der Holzbaracke. Er fror, zog die Schultern zusammen und schloss den Reißverschluss seiner Lederjacke.

Kein Pinguin weit und breit. Noch war es nicht Abend.

Er schaute über den Strand. Nichts Auffälliges war zu sehen. Nur Seetang, die Gischt der Brandung, ab und an ein nasses großes Holzgewächs.

Was hatte er erwartet? Dass das verschwundene Mädchen hier auf ihn wartete?

Lachend, glücklich, mit einer Schale warmem Tee für ihn, den Finder, den Gewinner des Spiels?

Er setzte sich in die hinterste Ecke der Baracke, hier war er vom Wind geschützt, er steckte die kalten Hände in die Jackentaschen, er wunderte sich, wie rasant ihn die Müdigkeit überkam. Er hatte Mühe, die Augen offen zu halten, blinzelte. Sitzend sah er das Meer und den Strand nicht mehr, nur die Bretter der Bude.

Touristen hatten Botschaften hineingeritzt. Wahrscheinlich um sich beim langen Warten auf die Pinguine die Zeit zu vertreiben.

Herzen. Von Pfeilen durchstochen. Zwei Buchstaben mit einem Plus verbunden. Penisse. Smileys. Mit Joint im Mundwinkel. Ein Anarchie-A. Namen. Peggy. Sue. Falk. Marty. Daten. 7. Januar 2013. 12. Dezember 2012. 1. April 2017. 24. Februar 2014.

Obwohl die Einkerbung hell war, heller als die anderen, was bedeutete, dass sie erst vor Kurzem eingeritzt worden sein konnte, hatte Parnell sie nicht sofort gesehen. Sie war etwas versteckt links unten. Derjenige, der die Worte und die Zeichnung dorthin geritzt hatte, musste gekniet haben.

Ein Schauder durchfuhr den Inspektor.

Da war ein Strichmännchen gezeichnet. Ein Kreis für den Kopf, ein Strich für den Rumpf, je ein Strich für jedes Bein, ein Strich für jeden Arm. Dazu ein Messer. Drei Punkte. Vom Messer tropfte Blut. Daneben drei Worte.

Parnell war plötzlich hellwach. Er kniete auf allen vieren, krabbelte vor zur Holzwand, hob zittrig die Hand, fuhr mit dem Zeigefinger über die Schrift.

Es bestand kein Zweifel. Da stand: *Parnell war hier.*

7

Er wusste nicht, wie lange er so dagelegen hatte. In sich zusammengekauert. Mit dem Rücken zur Holzwand, sich nicht trauend, sich zu rühren. Sich ein weiteres Mal die Gewissheit holend, dass die drei Worte da wirklich eingeritzt waren. Sich der Hoffnung nicht hingebend, dass es sich bei einem weiteren Hinschauen tatsächlich nur um eine Halluzination seiner versoffenen Gehirnzellen entpuppte.

Er musste kurz eingeschlafen sein. Aber auch das konnte er nicht mehr mit Sicherheit sagen. Der Himmel hatte sich verdunkelt, doch er wusste nicht, ob das nur wegen der Gewitterwolken war oder ob tatsächlich schon die Dämmerung eingesetzt hatte.

Nur eines wusste er jetzt ganz sicher. Dass es tatsächlich einen Zusammenhang geben musste zwischen ihm und dem verschwundenen Mädchen.

Dass das alles kein Zufall sein konnte. Das Blut an seiner Kleidung, das Blut in ihrem Zimmer. Die Pinguinfedern. In ihrem Zimmer. In seiner Hosentasche. Sein Blackout. Was hatte er bloß getan? Wo war er gewesen? Wo hatte es ihn nach dem Kneipenbesuch hingetrieben? War er an diesen Strand hier gekommen? Warum? Und wie? Mit ihr? Hatte er sie getroffen? Wo?

Oder war er mit ihr zusammen zurück in die Black-Penguin-Herberge gegangen? Zumindest das erschien ihm nicht unlogisch. Sie haben sich im Anchor kennengelernt, gequatscht, vielleicht eine Partie Billard gespielt, herausgefunden, dass sie im gleichen Haus übernachteten, in einem Moment des besoffenen Übermuts ein Taxi hierher an den Strand genommen, in der Baracke gevögelt, Blödsinn ins Holz geschnitzt, Taxi zurück, gemeinsam nach Hause getorkelt.

Und dann?

Dann bist du, verdammt noch mal, schlicht und einfach ins Bett und hast deinen Rausch ausgeschlafen.

Parnell zwang sich zu diesem Gedanken. Er zwang sich, keinen anderen zuzulassen.

Es gelang ihm nicht.

»Hast du sie umgebracht? Verdammt, Frank!«

Erst flüsterte er das Unaussprechliche vor sich hin.

Dann schrie er gegen den Wind.

»Warum, verdammt? Was ist geschehen?«

Er ermittelte im Kopf gegen sich selbst. Als würde er gegen sich selbst Schach spielen. Es konnte nicht funktionieren.

Er versuchte ein Szenario zu entwerfen, in dem er ein Mörder war.

Ich habe sie im Zimmer brutal abgeschlachtet.

Er versuchte sich an einem Szenario der Verteidigung. Ein Szenario, das Ungereimtheiten in die Anklage streute.

Warum sollte ich das getan haben? Vielleicht war es ja andersrum. Vielleicht wollte sie mich ja töten. Vielleicht hatten wir Sex – und plötzlich zog sie ein Messer. Vielleicht war es Notwehr.

Alles unsinnige Gedankenspielereien.

Nur eine Sache irritierte ihn mehr als alles andere. Sie ließ ihm keine Ruhe, sie passte nicht aufs Schachbrett. Nicht mit ihm als Mörder. Nicht mit ihm in Selbstverteidigung.

Was hatten die Pinguinfedern zu bedeuten?

8

Zuerst konnte er die Laute nicht zuordnen. Langsam drangen sie in seine Wahrnehmung, wie ein nerviges Geräusch, bei dem man erst, wenn es verstummt, merkt, wie sehr es einen aggressiv gemacht hatte.

Er stemmte sich hoch, lehnte sich aufs Holz und schaute runter zur Brandung, um zu sehen, woher der Lärm kam.

Binnen Sekunden war alle Aggression erloschen. Eine

lange nicht mehr gekannte wohlige Wärme erfasste ihn. Er verspürte Glück.

Die Wellen brachen, das Wasser zeigte sich hellblau, fast neonfarben, die Gischt wurde an den Strand gespült. Alle paar Minuten warf die Wasserkraft einen kleinen schwarzen Ballen an Land. Erst lagen sie da, regungslos, wie Treibgut, dann regten sie sich, rollten nach links, nach rechts, schafften es irgendwie, sich aufzurichten, präsentierten ihre weißen Bäuche, streckten den Kopf hoch, die gelben Schnäbel zeigten in Richtung Dünen.

Dann watschelten sie los. Drei, vier … sieben Pinguine.

Sie watschelten gemächlich über den ockerfarbenen Sand. Sie wippten hin und her – wie Aufziehpuppen. Und verschwanden in den Dünen. Sie schnatterten. Einer trug noch einen Fisch im Schnabel.

Parnell war überwältigt von diesem Naturschauspiel. Und gleichzeitig überrascht von sich selbst. Er gehörte nicht zu denjenigen, die sich von Tieren einlullen ließen. Er war nicht besonders tierlieb. Er schaute sich auf YouTube keine Katzenvideos an. Manchmal kam ein streunender Kater abends an seine Terrasse mit Blick auf die Hobson Bay. Der Kater streifte um seine Beine. Parnell wusste, dass dies keine echte Zuneigung war.

Falsche Liebe, falsches Spiel.

Der Kater war hässlich, ihm fehlte ein Auge und ein halbes Ohr. Parnell öffnete ihm jedes Mal eine Thunfischdose und schüttete etwas Whiskey auf den Fisch, der sonst viel zu trocken war.

Der Kater verschlang das Essen genüsslich, streifte noch einmal um die Beine des Inspektors, schleckte sich die Tatzen ab und schlich im leichten Slalomgang davon.

Parnell liebte diese Katze nicht, aber er respektierte sie. Eine Katze, die einen Schluck Whiskey vertrug, konnte kein schlechtes Wesen sein.

Er hatte den Kater Captain Ahab genannt.

Warum verursachten die Pinguine bei ihm dieses Glücksgefühl? Wahrscheinlich konnte der Mensch an sich, wenn er diese watschelnden Tiere beobachtete, nicht anders, als sich an ihnen zu erfreuen. Vermutlich besaß der Mensch ein Pinguin-Happiness-Gen, ein Gen, das sich automatisch aktivierte. Selbst bei einem alkoholkranken Zyniker wie Parnell.

Vielleicht sind diese Tiere auch meine Rettung.

Vielleicht macht mich ihr Anblick zu einem besseren Menschen.

Vielleicht geben sie mir die Kraft, tatsächlich dem Whiskey zu entsagen.

Was für absurde Gedanken!

Sorry, Captain Ahab, ich bleibe hier im Süden, in dieser Drecksstadt Dunedin, ich werde mich von nun an um die Pinguine kümmern. Was immer es da auch zu tun gibt. Parnell hatte keine Ahnung. Aber es gab bestimmt irgendeine Hilfsorganisation, irgendeinen Naturschutzverband, der Unterstützung brauchte.

Während Parnell diese Gedanken in seinem Hirn hin und her warf, registrierten seine Augen zwei fremde Flecken am Horizont.

Ein neongrüner und ein dunkelroter Punkt.

Die beiden Punkte waren im Dunst am anderen Ende der Bucht aufgetaucht. Sie kamen näher.

Parnell war schnell klar, dass es sich um zwei Windjacken handeln musste, in denen Menschen steckten. Er duckte sich und spähte zwischen den Holzlatten hindurch. Etwa auf Höhe der Pinguine bogen die beiden Punkte nach links ab und verschwanden in den Dünen.

Auch die meisten der Pinguine erreichten allmählich ihre Nester in den Sandwellen zwischen grünem Dickicht. Nur ein einzelner Nachzügler strampelte noch im Wasser, eine Welle erfasste ihn, zog ihn zurück ins Meer, er strampelte hilflos, dann schien er alle Kraft zusammenzunehmen, tauchte ins Dunkel des Wassers hinab, tauchte mit der nächsten Welle wieder auf und hopste an Land.

Eilig watschelte er zu den Dünen, damit ihn bloß keine Welle mehr erwischte, damit er die anderen bloß nicht verlor!

Parnell riss sich zusammen und verließ den Holzbunker. Der Kater der letzten Stunden hatte ihn gelähmt, er hatte die Zeit seit heute Morgen viel zu passiv verbracht. Er hatte beschlossen, seinen dunklen Stunden nachzuspüren, sich auf eigene Faust auf die Suche nach diesem Mädchen zu machen.

Ein Schritt ins Ungewisse, kein Ermittlungserfolg war ohne Wagnis zu haben.

Das war die Erfahrung seiner Ermittlungsjahre.

Er ging über den Sand, er sank tief, die Körner rieselten

in seine Stiefel, legten sich unter seine nackten Füße, rieben zwischen Haut und Sohle. Egal.

Er kämpfte sich durch die Dünen, er versuchte die Richtung zu halten, in der die beiden Windjacken verschwunden waren. Vereinzelt hörte er noch das Piepsen eines Pinguins. Als eins der Tiere hinter einem Busch wild aufflatterte und kreischte, erschrak er. Er war wohl zu nah an das Nest einer Mutter geraten.

»Ruhig, ganz ruhig.«

Er hielt seine Hand schützend ausgestreckt und machte drei Schritte zurück.

Bald umhüllte ihn Finsternis. Das Meer war nicht mehr zu sehen. Er versuchte sich am Rauschen zu orientieren.

Am oberen Rand der nächsten steilen Sanddüne flackerte ein gelbes Licht. Er blickte in den Himmel. Keine Sterne. Schritt für Schritt ging er in die Steigung der Düne hinein, dann sah er, woher das Flackern kam.

Jemand hatte ein Feuer entzündet. Hinter der nächsten Düne. Oder der übernächsten.

Parnell ließ sich auf alle viere fallen und krabbelte den Sand hoch, mehrmals rutschte er ab.

Oben angelangt erblickte er ein kleines Lagerfeuer. Es erhellte ein Zelt, das am Waldrand stand. An der Plane lehnten zwei vollbepackte Rucksäcke.

Am Feuer saß ein junger Mann. Er trug eine Wollmütze, unter der lange, borstige blonde Haare hervorschauten. Sein ebenso blonder Bart war wild und zerzaust. Er warf Äste in die Flammen, die kurz aufstachen und Glut um sich warfen.

Der Reißverschluss am Zelt öffnete sich und ein zweiter

Mann trat ins Freie. Er hatte eine Glatze und einen dunklen Dreitagebart. Über das weiße T-Shirt hatte er einen Wollpullover gebunden.

Die beiden redeten miteinander.

Der Glatzköpfige öffnete eine Büchse und holte etwas daraus hervor. Dann setzte auch er sich ans Feuer. Es schienen Papierzettel zu sein, die er in der Hand hielt.

Es sah aus, als durchmischte er die Seiten, vielleicht zählte er sie, vielleicht suchte er eine gewisse Stelle, eine bestimmte Notiz.

Parnell beschloss, bis hundert zu zählen. Wenn sich bis dahin nichts tun würde, würde er zu ihnen gehen.

Kein Ermittlungserfolg ohne Risiko.

Bei fünfzig bemerkte er, dass die Flammen des Feuers schwächer wurden. Bei siebzig schienen es auch die beiden Männer bemerkt zu haben.

Sie erhoben sich, starrten aufs Feuer. Parnell hörte auf zu zählen. Die beiden redeten wieder miteinander. Der mit der Glatze und dem Dreitagebart zeigte in den dunklen Wald hinein. Der andere nickte.

Der Glatzenmann ging die paar Schritte zum Zelt zurück, legte die Dose mit den Zetteln ins Innere und zog den Reißverschluss zu.

Dann entfernten sich die beiden von ihrem Lager und verschwanden bald im Dunkeln des Waldes.

Wieder beschloss der Inspektor zu zählen. Diesmal nur bis drei. Dann pustete er einmal die Luft aus, atmete erneut tief ein, als wollte er Mut einatmen, erhob sich und schritt die Düne hinunter zum Zelt.

Er wollte sich nicht anschleichen. Falls die beiden unerwartet aus dem Wald zurückkehrten, sollten sie ihn so schnell wie möglich sehen. Sie sollten nicht erschrecken. Er wollte nicht von einem Stück Brennholz erschlagen werden.

Er wollte, falls sie ihn entdeckten, möglichst wie jemand wirken, der zufällig vorbeikam.

Nicht wie ein Dieb, ein Spion.

Parnell schmunzelte. Zufällig vorbeikommen. Nachts an einem abgelegenen Strand, an einer abgelegenen Bucht, am Waldrand in der Wildnis.

Nein, wenn sie ihn erwischten, musste er wohl mit Prügeln rechnen.

Er stand nun am Zelt und spürte erst jetzt, dass sein Puls wie verrückt raste. Er verdrängte alle Zweifel und zog den Reißverschluss mit einem Ruck hoch.

So wie man ein Pflaster von einer verheilten Wunde riss. Ein kurzer Schmerz, dann ist es vorbei. Noch nie hatte er das surrende Geräusch eines Reißverschlusses als bedrohlich empfunden.

Jetzt schon.

Er kniete sich hin und kroch halb ins Zelt. Nun war sein Plan, sich eventuell als zufällig vorbeikommender Tourist auszugeben, vollends verworfen. Nun würde ihn das Brennholz mit voller Wucht am Rücken oder Hinterkopf treffen. Vielleicht würden sie ihn totprügeln.

Und wofür?

Er wusste noch nicht einmal, wonach er suchte. Hoffte er, das gefesselte und geknebelte Mädchen im Zelt zu finden?

Er robbte weiter ins Innere und spürte plötzlich einen stechenden Schmerz am Knie. Er war auf eine spitze Kante gestoßen. Er tastete den Boden ab, im Schimmer des verglimmenden Feuers blitzte etwas Silbernes auf.

Eine Dose. XXL-Format. Vielleicht die Dose, die der eine Mann vorhin in der Hand gehalten hatte.

Parnell setzte sich hin, er musterte den Gegenstand. Ein zerrissener Aufkleber haftete daran. Er konnte nur einige Wortfetzen erkennen:

...illy & Sons – Founded in 1897 – Best New Zealand Chewing Tobac...

Er drehte den Deckel und öffnete die Dose. Er griff hinein und bekam dünnes Papier zu fassen.

Er zog daran und hielt einen Hundert-Dollar-Schein in der Hand.

Magenta.

Mit dem Konterfei Ernest Rutherfords darauf. Dem Ersten Baron Rutherford von Nelson. Nobelpreisträger für Chemie. Für irgendetwas im Bereich Experimentalphysik, so viel wusste Parnell noch aus dem Schulunterricht. Irgendwas mit Radioaktivität.

Parnell drehte die Dose um, weitere Hundert-Dollar-Scheine regneten auf den Plastikboden des Zelts.

Auch zwei Gummibänder, die die Scheine wohl zusammengehalten hatten. Tausende Dollars lagen vor ihm.

9

Wahrscheinlich war die Entscheidung falsch gewesen. Ganz sicher war sie das. Ein Polizist im Dienst hätte nie so gehandelt. Nie im Leben. Er hätte damit alle Regeln gebrochen. Er hätte sich in Teufels Küche gebracht. Parnell vergrub sein Gesicht in den Händen.

War er Polizist? Ermittelte er privat? War man als Polizist nicht immer Polizist?

Er hatte keine Antwort. Er hatte den inneren Kompass verloren. Er wusste noch nicht einmal, gegen wen er ermittelte. Gegen sich selbst?

Am Ende der Straße leuchteten zwei buttergelbe Punkte auf. Sie kamen näher und wurden größer. Es waren die Lichter eines Pick-ups. Parnell stellte sich mitten auf die Fahrbahn, hob die Arme und bewegte sie, wie den oberen Teil eines Hampelmannes. Wenn der Fahrer nicht blind war, musste er ihn sehen.

Das Auto bremste, fuhr im Schritttempo an ihn heran. Er ging zu Seite, der Wagen stoppte.

Es war ein dunkelblauer, mit Schlamm verschmierter Nissan.

»Hi, Kumpel. Was machst du, verdammt noch mal, um diese Uhrzeit hier draußen?«

Parnell schaute dem Mann ins Gesicht. Baseballmütze, hellrotes Bartgestrüpp, dunkelrote Äderchen auf den von Sonne, Wind und Meer gegerbten Wangen.

»Ich, äh, die Pinguine –«

»Stadtmensch, hm?«

Parnell nickte. Er hätte jede Erniedrigung ertragen, jeden Witz auf seine Kosten, jede blöde Landmenschenbelehrung, nur um in diesen verdammten Pick-up zu kommen.

»Ja, habe mich wohl in der Zeiteinschätzung vertan, habe mich verlaufen ...«

Kaum war das Eingeständnis ausgesprochen, erhellte sich väterlich die Mimik des Fahrers.

»Nicht zu spaßen mit der Natur hier draußen, Kumpel.«

Der Mann lehnte sich zur Beifahrertür rüber, sie sprang auf. Er winkte Parnell hinein.

Der Inspektor hievte sich auf den Beifahrersitz, sehr darauf bedacht, dass ihm nichts aus den Hosentaschen fiel. Als der Mann den Wagen wieder startete, griff der Inspektor in die Taschen und stopfte die Hunderterscheine tiefer in den Stoff hinein.

10

Ein Déjà-vu.

Der Geruch. Bier und Zigaretten. Männerschweiß und die klebrige Süße von dickflüssigen Schnäpsen. Whiskey und der stinkende Stoff der Billardtische.

Das Klirren der Gläser, das Gurgeln des Bierzapfhahnes, das Klacken, wenn Billardstock auf Billardkugel stieß, das Rumpeln der Kugeln, wenn sie ins Loch fielen.

Nick Caves Stimme. Ohrenbetäubend laut.

Pass me that lovely little gun, my dear, my darling one, the cleaners are coming, one by one, you don't even want to let them start.

They're knocking now upon your door, they measure the room, they know the score, they're mopping up the butcher's floor, of your broken little hearts.

Ooh children ...

Parnell beschloss, sich nicht sofort an die Theke zu setzen. Normalerweise interessierte ihn nichts anderes als die Theke in schummrigen Bars. Rücken zum Raum, Unterarme aufs verklebte Thekenholz.

Scheuklappenaufmerksamkeit. Alle Konzentration auf den Whiskey vor sich, auf den Barmann, der sich im Radius der Scheuklappen bewegte. Mehr gefühlt als gesehen die Bewegungen neben sich. Das Gefühl dafür entwickelt, ob der Sitznachbar gutes oder schlechtes Karma verströmte. Hauptsache, er ließ einen in Ruhe. Leute, die Ärger haben wollten, konnte Parnell an der Theke nicht leiden. Die sollten sich an den Billardtischen prügeln.

Auch aufdringliche Frauen waren ihm meist unangenehm. Schmiegte eine Frau sich an ihn, gab er ihr einen Drink aus. Das ließ er noch gelten. Aber bitte kein Gequatsche, kein falsches Liebesgesülze.

Zu zweit einsam trinken. Kein Gespräch. Sich einfach volllaufen lassen.

Wie hatte er das geliebt. Das sollte nun vorbei sein. Nichts war mit diesem Glücksgefühl zu vergleichen gewesen. Vergangenheit. Alles Vergangenheit.

Der Moment, an dem er die richtige Menge Whiskey schon intus hatte, an dem die Zigarette besser schmeckte als jede andere, besser als der Kuss einer Frau, besser als Elizabeths Kuss.

Rauch vermischt mit Whiskeytropfen.

Der Moment, in dem Whiskey besser schmeckte als alles andere, besser als ein Tropfen Wasser in der Wüste.

Der Moment, in dem er wusste, dass die nächsten drei Gläser ihn total abschießen würden.

Der Moment, in dem ihm das egal war, in dem er sich darauf freute. Alles vorbei.

Ein Blick hinter die Theke. Altvertraute Utensilien. Die Senke mit den Eiswürfeln, Zitronenscheiben. Für die Drinks der Amateursäufer. An der Wand hinter dem Tresen das immergleiche farbenfrohe Lieblingsbild der Alkoholiker. Das schönste Aquarell der Welt. Blankgeputzte Tumblergläser, die sich im Licht spiegelten. Akkurat aufgereihte Flaschen. Jim Beam. Johnny Walker. Jack Daniels. Parnell gefielen sie alle, aber er blieb seinem Heaven Hill treu. Mild, und doch mit einer leichten Würze im Abgang, die ihn immer wieder an die wilden Strände der tasmanischen Küste erinnerte.

Normalerweise nahm Parnell das Geschehen hinter sich verzerrt und verschwommen über die Spiegelungen in den Gläsern und Flaschen wahr. Vielleicht war das die einzige Wahrnehmung, verzerrt und verschwommen, mit der die Realität auszuhalten war.

Nun aber war alles anders. Er fühlte sich unwohl, schon vor der Tür des Anchor Heart hatte ihn ein unsicheres Zittern erfasst. Er wusste, dass nur ein Schluck Whiskey ihm diese Unsicherheit hätte nehmen können.

Er lief durch den Raum wie ein Tourist durch ein Museum. Er wusste nicht, wohin er blicken sollte. Sein Blick wanderte überallhin. An den Wänden hingen vergilbte Fotos hinter morschen Bilderrahmen. Schwarz-Weiß-Fotografien von Fischern. Von der Decke baumelten Taue. Ein Anker war zu einem Kronleuchter umfunktioniert.

In dem hinteren Raum mit Billardtischen hingen Plakate mit Motiven von Joan Miró an der holzvertäfelten Wand. Die Aschenbecher quollen über. Zwei Männer waren über einen der Tische gebeugt. Jeder hatte ein Auge zugekniffen. Sie überlegten, welcher Stoß mit dem Queue als Nächstes wohl der richtige war. Sie schenkten dem Inspektor keine Beachtung, was ihm ganz recht war.

Parnell umkreiste den Tisch, schaute auf das Grün. Sie brauchten nicht zu versuchen, die schwarze Acht zu versenken, es war knapp, aber die neutrale weiße Kugel würde nicht zu ihr durchdringen, ohne eine andere zu berühren. Keine Chance. Dazu musste er kein Auge zukneifen.

Er steuerte wieder auf die Theke zu. Sie war leer. Nur der Barmann stand dahinter. Er polierte Gläser. Er blickte nicht auf, als Parnell näher trat.

Der Inspektor setzte sich. Genau vor den Mann. Dieser rührte immer noch keine Miene.

Parnell wartete auf die übliche Frage, ob er einen Drink wünsche.

»Was suchst du, Kumpel?«, fragte der Barmann stattdessen.

Die Frage überraschte Parnell. Der Barmann hätte ihn kennen müssen. Schließlich musste er hier gestern mehrere Stunden gesessen haben.

Na, wieder auf den Beinen? Schon wieder durstig? Dasselbe wie gestern? Oder einfach nur ein stummes Greifen nach der Heaven-Hill-Flasche wären angemessene Reaktionen gewesen.

»Ich war gestern …«

Kurz stockte der Inspektor.

»Ich war doch gestern schon hier.«

Keine Reaktion. Nur das stumme Polieren der Gläser.

Ein neuer Song aus den Boxen. Parnell brauchte eine Weile, bis er ihn zuordnen konnte.

David Bowie. *Scream like a Baby.*

I really can't remember. Last time I saw the light of day …

Aus Parnells David-Bowie-Lieblingsalbum *Scary Monsters.*

1980. Vielleicht 81, 82.

Nicht Nick Cave. Aber gut. Der Sound ballerte ordentlich rein. Noch besser würde er mit Whiskey ballern.

»Was darf's sein?«

Die Stimme des Barmanns drang in das harte Gitarrenstakkato.

»Hast du eine Cola?«

Der Blick des Barmanns sprach Bände. Augenbraue hoch, Mundwinkel verzogen. Er holte eine Flasche aus einer Schublade. Staubig. Nicht gekühlt.

»Eis? Zitrone?«

»Nein. Nichts.«

Das machte es auch nicht besser. Nichts schmeckte scheußlicher als warme, klebrige, versüßte Cola. Aber es war Parnell egal. Er würde sowieso nur daran nippen.

»Du warst gestern nicht hier, Kumpel. Wer war dann hier, dein Zwillingsbruder, hm?«

Er wollte diese blöde Barmann-Ouvertüren-Attitüde hinter sich bringen. Barmänner waren coole Typen, mussten sie sein, sie mussten sich einen Panzer antrainieren, gegen die Besoffenen, gegen die Aggressiven, gegen die Verrückten. Sie mussten wissen, wem sie vertrauen konnten. Er wollte dem Mann das Gefühl geben, dass er ihm vertrauen konnte.

Komm schon, ich trinke warme Cola, ich bin ganz nett zu dir, sei du auch nett zu mir.

»Ich war gestern hier. Ich ... ich, ich hatte einen Blackout. Ich habe gestern nicht –«

Er zeigte auf die Colaflasche.

Sein Gegenüber polierte weiter seine Gläser.

Sekunden vergingen, dann schaute der Barmann auf. Er blickte dem Inspektor tief in die Augen.

»Du warst gestern nicht hier, Kumpel. Sorry, mein Freund. Ich war gestern hier. Ich bin immer hier. Das hier ist mein verdammtes Wohnzimmer. Und ich erinnere mich an jede Fresse, die mein Wohnzimmer betritt.«

Parnell nahm einen Schluck, die Cola schmeckte wie flüssiges Kaugummi. Wie gerne hätte er sich mit einem Whiskey den Mund ausgespült.

Er überlegte. Konnte der Mann recht haben? Nein. Unmöglich. Seine Erinnerung täuschte ihn nicht. Er war hier.

Er kannte den Mann. Er kannte die Räume hier, der Blackout hatte erst später eingesetzt. Er erinnerte sich daran, wie er durch die Tür gegangen, auf die Theke zugesteuert war. Er erinnerte sich nur nicht daran, wie, wann, in welchem Zustand er durch die Tür wieder rausgegangen war.

Die Miró-Bilder, die Billardtische, die Taue, der Anker-Kronleuchter, das alles hatte er gestern schon gesehen.

Er schaute zum Ende der Theke. Eine Schwingtür aus Holz, wie in Westernfilmen, führte zum Klo. Er erinnerte sich auch, aufs Klo gegangen zu sein. Wie er vom Klo zurückgekommen war, wusste er nicht mehr.

Das war oft so. Typisch Blackout-Moment. Parnell ging in Kneipen nicht gerne auf die Toilette. Saufen hatte was, weil es eine rituelle Aura schaffte. Wie ein Aquarell. Stundenlanges Dasitzen, hart am Glas. Der Gang zur Toilette unterbrach dieses Ritual. Es machte alles kaputt. Das Mystische. Die Grandezza.

Er konnte stundenlang auf seiner vollen Blase herumsitzen, nicht bemerken, wie sein Alkoholpegel stieg, wie das Klischee der Grandezza von außen betrachtet doch nur einen armen, bemitleidenswerten Alkoholikerwurm zeigte.

Denn sobald er sich erhob, bröckelte der schöne Schein.

Auf dem Weg zur Toilette spürte er, wie besoffen er war, wie er schwankte, wie sich die dunkle Welt um ihn drehte.

Er schob die warme Cola beiseite, schwang sich vom Hocker, kurz genoss er es tatsächlich, stocknüchtern zu sein, jetzt den Moment zu erleben, klar im Kopf zu sein.

Er schob die Salontür beiseite, hörte noch beiläufig, wie die Eingangstür des Anchor Heart sich öffnete.

Straßengeräusche strömten von draußen herein.

Es war noch früh, in den nächsten ein, zwei Stunden würde die Kneipe sich füllen. Zeit für ihn zu gehen.

Setz dich der Versuchung aus, spiel mit dem Feuer. Teste dich. Verschwinde aber, bevor der ganze Wald brennt. Bevor dich zu sehr nach Feuer dürstet. Verkohle dir die Finger, aber verbrenne nicht.

Die Pissoires waren dreckig. Es roch nach Pisse, in den Schüsseln klebte ekliger, grüner Schleim. Die Fliesenwände waren feucht. Der Wasserhahn am Waschbecken tropfte.

Parnell schaute auf das Werbeplakat, das auf Augenhöhe über seinem Pissoir hing.

Kondome. *Special King*. Penisringe. *Tender King*. Daneben mit Edding eine Telefonnummer gekritzelt.

Call me.

Noch mehr Gekritzel. Das übliche langweilige Zeug.

Dann erstarrte er.

Das Bild verschwamm, dann wurde es klarer, als müssten seine Augen wie bei einem Fernrohr erst die richtige Schärfe einstellen.

Nein. Er irrte sich nicht.

Er las die drei Worte.

Immer und immer wieder.

Parnell war hier.

Daneben ein Pinguin. Mit wenigen Strichen hingezeichnet.

Der Pinguin grinste.

11

Er hatte das Schwingen der Salontür gehört, ein Luftschwall war ins Innere gedrungen. Aber er war noch zu perplex gewesen, sich zu rühren. Er stand noch wie versteinert am Pissoir. Den Schwanz in der Hand.

Ihm blieb keine Zeit mehr.

Schweine.

Er spürte den Schlag auf den Hinterkopf.

Er wusste, sie würden das volle Programm abfahren.

Er betete, dass die Ohnmacht so bald wie möglich kommen würde.

Und wenn er sterben würde, es war ihm egal.

Die Ohnmacht kam nicht.

Er spürte, wie seine Stirn gegen die Fliesen knallte.

Irgendetwas brach. Entweder die Fliesen oder sein Schädelknochen.

Er spürte, wie warmes Blut über sein Gesicht floss.

Er hörte nichts.

Keine Musik. Keinen Nick Cave. Keinen David Bowie. Kein Gläsergeklirre. Keine Queues, die auf Billardkugeln stießen, keine Billardkugeln, die aufeinanderprallten, keine Kugeln, die ins Loch kullerten.

Er spürte, wie das hintere Ende eines Queues in seine Leber stieß.

»Uhhh.«

Kein Schrei. Keine Schmerzenstränen. Nur ein leises, schmerzverzerrtes Ausatmen.

Ihm war, als liege er auf Federn.

Das musste die Ohnmacht sein. Endlich kam sie. Oder der Tod. Endlich.

Er blinzelte.

Er erkannte das Gesicht des Barmanns.

Schwein. Lügner.

Er erkannte die Gesichter der beiden Männer vom Billardtisch.

Ihre dicken Unterarme. Matte Tätowierungen.

Da war noch ein Mann. Er sah das Gesicht nur verschwommen, doch er hatte es schon einmal gesehen. Ganz sicher. Er hatte nicht die Kraft, sich zu erinnern.

Sein Kopf sackte zur Seite, langsam verdrehten sich die Pupillen der Augen.

Wieder Unschärfe.

Er sah nur noch Hosenbeine.

Bluejeans.

Und das Nachtblau einer feinen Stoffhose.

Nachtblau wie die Uniformen der neuseeländischen Polizei.

Eine Hand.

In der Hand eine Waffe.

Eine Smith & Wesson.

Die Einsatzwaffe der neuseeländischen Polizei.

Dann war alles schwarz.

Die Ohnmacht war eingetreten.

Die Ohnmacht.

Oder der Tod.

12

Ich bin 24. Ich bin vor etwa fünf Jahren den Stimmen des Pinguins *beigetreten. Aus Idealismus.*

Der zweite Tag

13

Ich finde es nicht richtig, wie der Mensch mit der Natur umgeht, aus Profitgier.

14

Angenehmes Rauschen.

Wann hatte die Natur, der liebe Gott oder wer auch immer entschieden, welches Rauschen angenehm für ihn war und welches nicht?

Warum wirkte Vogelgezwitscher beruhigend auf ihn und das Krähen eines Hahns nervig?

Warum entfachte das leise Rattern eines fernen Zuges Sehnsuchtsgefühle und Stadtverkehr brachte ihn zur Verzweiflung?

Die Gedanken verflossen. Parnell öffnete den Mund. Matsch drang in sein Inneres. Der Inspektor war noch zu schwach, die Augen zu öffnen. Wo war er? Er fühlte sich, als habe er seinen Kopf in eine Schüssel mit Milch und Cornflakes getunkt. War er beim Frühstück eingeschlafen? Das konnte nicht sein. Er frühstückte nie. Außer einer Zigarette. Und selbst wenn er frühstücken würde, würde er keine Milch und Müsli frühstücken.

Der Matsch knirschte zwischen seinen Zähnen. Er befühlte ihn mit der Zunge. Das waren keine Cornflakes, das war Sand, grober, kerniger Sand.

Er schloss den Mund und versuchte, in Gedanken seinen Körper von oben bis unten durchzuchecken.

Der Kopf dröhnte, die Stirn brannte. Wahrscheinlich eine offene Wunde.

Die Augen waren verklebt und schmerzten, als würde sie jemand mit den Daumen tief in ihre Höhlen drücken.

Die Halswirbel fühlten sich an, als wären sie ineinander verknotet.

Die Innereien in seinem Bauch schienen zu einem großen, breiigen Nichts vermischt.

Die Beine spürte er nicht.

Er versuchte, die Zehen zu bewegen.

Nichts.

Es mussten Stunden vergangen sein. Er schaffte es zu blinzeln.

Er sah einen braunen Schleier. Sand, Strand. Dünen, Brandung, Meer.

15

Wieder wach. Es war kalt.

Der eisige Wind kroch unter sein Hemd. Ließ ihn frieren. Auf dem Rücken bildete sich Gänsehaut, er bibberte.

Es musste bereits Tag sein. Als er das letzte Mal wach geworden war, war kein Licht durch die geschlossenen Lider gedrungen. Jetzt leuchtete die zarte Lidhaut orange.

Parnell stöhnte, er spürte seine Zehen wieder, seine Beine. Etwas zwickte an seinem Ohr. Er versuchte, sich umzudrehen. Er blinzelte, dann zuckte er zusammen, fuhr auf. Sitzend sah er einem Pinguin in die Augen.

Der Pinguin pickte mit dem Schnabel an seinem Ohr herum.

Der Inspektor legte sich wieder auf den Bauch, hielt sich die Arme über den Kopf. Zum Schutz.

Von einem Pinguin getötet. Wie elendig. Wie unheldenhaft.

Inspektor Parnell, unheldenhaft gestorben, als er Urlaub machte, Urlaub aus Liebeskummer, im Verdacht eine Backpackerin ermordet zu haben, an einem Strand bei Dunedin, erstochen von einem Pinguinschnabel.

Das passte zu seinem Leben. Kein Grizzly, kein Löwe, wie sollte das auch gehen, in diesem Inselland am Ende der Welt? Das gefährlichste Tier, das es hier gab, war wohl so ein kleiner, vom Aussterben bedrohter Watschelpinguin.

Die Aussies hatten wenigstens Krokodile. Schlangen. Giftige Spinnen.

Der Pinguin stupste weiter, so musste sich Tätowieren anfühlen. Parnell war wahrscheinlich der einzige Mensch in Neuseeland, der nicht tätowiert war. Er hatte das Geld immer lieber für Whiskey ausgegeben.

Was gäbe er jetzt für einen Whiskey und eine Zigarette!

Er hörte das Kreischen der Möwen, das Krachen der Wellen, das Rauschen der Brandung, das Piepsen der Pinguine. Er legte den Kopf leicht zur Seite, öffnete die Augen. Er sah die Morgenröte, er sah die Pinguine von den Dünen ins Wasser watscheln.

Neuer Tag, neuer Hunger.

Zwischen den Zwergen im Frack sah er Beine. Menschenbeine. Zwei Paar. Sie kamen auf ihn zu. Sie waren in Outdoor-Hosen gepackt. Neongelb. Purpurrot.

»Gsch, gsch«, sagten die Stimmen, die zu den Beinen gehörten.

Dann spürte Parnell, wie Hände nach seinen Oberarmen griffen und ihn hochzogen.

16

Das Feuer erwärmte das Gesicht. Über der Bucht lagen dicke graue Regenwolken.

Es war windstill. Noch.

Sie saßen zu dritt am Feuer. Alles war immer noch so, wie Parnell es gestern beobachtet hatte. Er selbst hielt eine Blechdose in der Hand. Heiße Bohnen in Tomatensoße darin.

Er aß, als wären diese Bohnen das Beste, was er jemals zu sich genommen hatte.

Die Schmerzen der Schläge, die schmerzhafte Sucht nach Alkohol und Zigaretten, alles war für diesen Moment verdrängt.

Er sprach nicht. Noch nicht. Es würde noch genug Zeit sein zu sprechen. Er wollte den Moment genießen. Zumindest noch ein, zwei, drei Minuten. Bis die letzte Bohne gegessen war.

Auch sie hatten nicht gesprochen. Sie hatten ihn wortlos über die Dünen zum Zelt geschleppt. Er musste zwischendrin wieder das Bewusstsein verloren haben oder einfach nur vor Erschöpfung wieder eingenickt sein.

Im Zelt aufgewacht. Den Bohnenduft in der Nase. Hinausgekrochen. Keine Ahnung, wie spät es war. Die Sonne drang nicht durch die Wolkendecke. Noch nicht einmal ein schwacher heller Schein, um die Himmelsrichtung zu erahnen.

Sie aßen. Sie schwiegen.

Dann war die Blechdose leer.

Parnell rieb sich den Bauch. Er fuhr sich übers Gesicht. Er hatte keinen Spiegel, aber seine Finger ertasteten Beulen, Pflaster, Verband. Er musste schrecklich aussehen. Wie ein Zombie.

Ihre Blicke verrieten nichts. Die beiden Männer mussten ihn versorgt haben.

»Wer ... was macht ihr hier?«

»Ich bin Marty. Marty Bannon. Das ist mein Kumpel

Steve. Steve Richards. Wir sind Dokumentarfilmer aus Birmingham. UK«, antwortete der Blonde.

Parnell schaute misstrauisch.

Er versuchte, sich an die Gesichter von gestern Abend zu erinnern. Die Gesichter am Pissoir. Die Gesichter, die zuschlugen.

Die Gesichter der beiden gehörten nicht zu den Erinnerungsfetzen.

Aber es galt, vorsichtig zu sein.

Misstrauisch.

Misstrauen war die beste Überlebensstrategie. Das hatte er in seinem Leben als Inspektor immer wieder erfahren müssen.

Die beiden mussten seinen misstrauischen Blick richtig gedeutet haben. Einer der beiden erhob sich. Er ging zum Zelt, verschwand darin, nach einer halben Minute kam er mit einer kleinen Kamera zurück.

Parnell mochte keine Tierdokumentationen, schaute sie aber oft. Weil ihn das restliche Fernsehprogramm noch mehr anekelte. Die Tierwelt war zumindest ehrlich, kein Zynismus, straight forward.

Ich bin stark. Du bist schwach. Ich gewinne. Aber du musst sterben.

Du bist stark, aber wir sind viele. Du hast keine Chance. Du stirbst.

Die Filme beruhigten ihn. Abends, gemeinsam mit einer Flasche Heaven Hill. Sie betäubten die Gedanken, die schlimmen Erinnerungen. Sie machten ihn schläfrig, ihr Ende erlebte er meist nie.

Richards hielt ihm die Kamera hin, er bedeutete ihm, sie zu nehmen.

Parnell hätte nicht gedacht, dass sie so leicht wäre. Sie wog nicht mehr als eine alte Fotokamera.

Richards zeigte darauf, drückte auf einen der Knöpfe.

»Sehen Sie, wir filmen die Pinguine.«

Der Inspektor schaute auf die winzigen Bilder.

Pinguine, wie sie an Land gespült wurden. Wie sie in die Dünen watschelten. Nahaufnahmen. Ihre kleinen, schlauen Knopfaugen.

Parnell interessierten die Bilder nicht. Das konnten auch geplante Alibiaufnahmen sein. Dokumentarfilmer konnte sich jeder nennen.

Er beschloss, die beiden auszufragen. Was blieb ihm anderes übrig, wenn er an diesem Fall dranbleiben wollte. Außerdem fühlte er sich überraschend gut – nach den Bohnen. Fast so, als sei er nie zusammengeschlagen worden, als hätte er die Alkoholsucht längst überwunden.

Er wusste, er durfte dem Gefühl nicht trauen.

»Soweit ich weiß, ist das hier Naturschutzgebiet. Soweit ich weiß, ist es nur erlaubt, einem gewissen Pfad durch die Dünen zu folgen, bis hin zum Holzverschlag …«

Er nickte in die Richtung des Beobachtungspunktes.

»Soweit ich weiß, darf man hier nicht filmen.«

Richards schenkte sich Tee aus der Thermoskanne ein und trank davon.

Bannon grinste. Das Grinsen hatte nichts Freundliches.

»Wir haben dich unten am Strand gefunden. Weitab des Pfades zum Holzbunker. Soweit ich weiß, Sir …«

»Parnell, mein Name ist Frank Parnell. Frank.«

»Soweit ich weiß, Frank, ist es auch verboten, den Strand zu betreten, dort zu übernachten.«

Richards reichte dem Inspektor eine Tasse Tee. Auch seinem Kollegen.

Alle tranken, dann sprach Bannon weiter.

»Wir haben dich heute im Morgengrauen dort gefunden und zu unserem Zeltplatz gebracht. Ja, es ist auch verboten, hier zu zelten. Manche Dinge sind verboten im Leben. Manche Verbote machen Sinn, manche sind sinnlos. Wir sind Dokumentarfilmer. Wir realisieren Tierdokus. Unser Ziel ist es, so nah wie möglich an die Tiere ranzukommen. Damit Millionen Menschen abends vor dem Fernseher sie anglotzen können. Das ist unser verdammter Job. Wir müssen dahin, wo sonst niemand hindarf, damit die, die nicht dahin dürfen, kapieren, warum. Damit sie kapieren, warum Buchten wie diese, verdammt noch mal, geschützt werden. Was bist du von Beruf, Frank, wenn ich fragen darf?«

»Ah ...«

Parnell zögerte, er überlegte.

»... äh ...«

Er überlegte viel zu lange.

»Egal«, sagte Bannon.

»Egal, was du auch machst in deinem Leben, wenn du ein Mann mit Überzeugungen bist, ein Mann, der das liebt, was er tut, dann wirst du auch manchmal Grenzen überschreiten, die dir andere setzen, Vorgesetzte, der Staat. Grenzen, die du für falsch und sinnlos hältst.«

Parnell nickte.

Verdammt.

Er hätte nicht nicken dürfen.

Das Verhör war ihm längst entglitten. Er ließ sich vorführen – wie ein Anfänger.

Er setzte jetzt alles auf eine Karte.

Er log.

»Ich bin Privatdetektiv …«

Keine Regung in den Gesichtern der beiden Männer. Entweder waren sie gute Schauspieler. Oder sie hatten mit der ganzen Sache um das verschwundene Mädchen wirklich nichts zu tun.

Vielleicht war aber auch alles ganz anders. Vielleicht waren ja sie Detektive. Oder Bullen in Zivil. Vielleicht war ihre Dokumentarfilmergeschichte tatsächlich gelogen.

Egal.

Das musste er jetzt zu Ende bringen.

»Ich suche nach einem Mädchen. Eine gewisse Marianna Casey. Dieses Mädchen war wohl Stunden vor ihrem Verschwinden hier am Strand gewesen.«

Die beiden hoben die Schultern. Fast gleichzeitig. Etwas zu schnell. Etwas zu synchron.

Richards schüttelte den Kopf, wie um die wortlose Antwort noch zu unterstreichen.

»Wir sehen drüben an der Holzplattform manchmal Touristen. Aber wir gehen nicht näher an sie ran. Wir nehmen sie nur als störende schwarze kleine Punkte in der Landschaft wahr. Wir haben kein Mädchen gesehen.«

Vieles war stimmig. Die Gesichter der beiden. Gesichter von verdammten Wildnisfreaks. Krauser Bart, von Wind und Salz gegerbte Haut. Die Ausrüstung war einwandfrei. Das war alles zu echt, um gefälscht zu sein.

Nur eines stimmte nicht. Es stimmte ganz und gar nicht.

Dem musste Parnell auf den Grund gehen. Er wusste auch schon, wie.

Parnell erhob sich, stellte die Teetasse auf den Boden und schritt zum Zelt.

»Mit ist etwas kalt«, log er und schaute wie zur Bestätigung auf die Wolken, die immer dunkler wurden. Auch eine leichte Brise war aufgekommen. »Meine Lederjacke?«

»Beim Zelt«, antwortete Richards. »Warte, ich ...«

»Nein, nein«, unterbrach Parnell ihn rasch.

Er war schon beim Zelt, zog den Reißverschluss noch etwas mehr nach oben.

Er kniete sich ins Zelt, griff nach der Jacke, sah sich gleichzeitig um.

Er entdeckte die große Blechdose sofort. Nun galt es zu schauspielern.

»Mensch, Jungs, ihr habt ... also ich bin mal so frei.«

Er kroch wieder aus dem Zelt, die Dose in der Hand, in der er tags zuvor das Geld entdeckt hatte.

Die Gesichter der beiden bestätigten seine Vermutung.

Sie waren weiß wie Schnee.

»Ich liebe Kautabak. Und diese Sorte ... hmmm ... ich ...«

Er machte sich daran, den Deckel zu öffnen.

Es ging alles viel zu schnell.

Er schaffte es nicht zu reagieren, da waren die beiden bereits aufgesprungen.

Bannon riss ihm die Box aus der Hand.

Richards stieß ihm mit beiden Armen gegen die Brust, sodass er das Gleichgewicht verlor.

In ihren Gesichtern war kein Zorn, keine Wut.

Da war Angst.

»Äh, da … da ist, sorry, Frank, in der Box, da –«

Richards schaffte es nicht, den Satz zu Ende zu bringen.

Weil es kein logisches Ende gab. Nur ein gelogenes.

»Da sind … das ist privat. Fotos von unseren Frauen.«

»Glücksbringer von unseren Kindern.« Bannon log nur unwesentlich besser. »Alles gut, Jungs, keine Panik …«

Die beiden traten näher.

Parnell fasste sich an die Eier, er spürte die Scheine, die er sich vor dem Besuch im Anchor Heart zu zwei engen Bündeln zusammengerollt in die Unterhose gesteckt hatte. Sie waren immer noch da. Die Schläger aus der Kneipe hatten vielleicht seine Jackentaschen untersucht, aber nicht seine Unterhose.

»Ich wollte nicht … die Nacktfotos eurer Mädchen sind mir egal, auch die Talismane eurer Kinder. Hey, ihr habt mir das Leben gerettet, ich bin euch dankbar. Kein böses Blut …«

Er sprach den Satz nicht zu Ende. Er hatte einen Moment nicht aufgepasst. Er spürte plötzlich das kalte Metall an seinem Hinterkopf. Er erkannte sofort, was ihn da berührte.

Bannon stand nun hinter ihm. Er hielt ihm eine Knarre an den Kopf.

Richards hatte sich nicht vom Fleck bewegt.

»Okay, okay, okay, Jungs, ganz ruhig, ich –«

Langsam hob er beide Arme.

In Gedanken zählte er bis drei.

»Okay«, sagte er noch einmal.

Mit der sanftesten Stimme, die seine Stimmbänder zuließen.

Dann warf er Richards die Dose zu.

Dieser konnte nicht anders. Das Unterbewusstsein hatte den Händen den Befehl zum Fangen gegeben. Noch bevor das Hirn darüber nachdenken konnte.

Nun blieb Parnell der Bruchteil einer Sekunde.

Bannon war genau für diesen Bruchteil einer Sekunde abgelenkt. Sein Blick musste vom Hinterkopf des Inspektors zu seinem Freund gewandert sein.

Parnell drehte sich nicht um, darauf hätte der Mann hinter ihm nur gewartet.

Er bückte sich blitzschnell, drehte sich dann erst und stieß Bannon mit aller Kraft mit dem Kopf gegen die Kniescheiben.

Bannon fiel nach vorn, die Knarre immer noch fest in der Hand.

Jetzt bloß nicht nachdenken.

Parnell schnappte sich Bannons Bein und biss ihm in den Unterschenkel. Er spürte, wie die Haut aufplatzte, er spürte, wie der dünne Stoff der Hose riss, er schmeckte das Blut und das Fleisch.

Bannon schrie.

Der Inspektor sprang auf und schmiss sich auf den Mann. Richards beachtete er nicht. Jetzt war nur eines wichtig. Die Pistole. Er packte Bannons Handgelenk, der vom bestialischen Angriff völlig überrascht schien.

Nachsetzen.

Er biss ihm in den Arm.

Er grub seine Zähne tief ins Fleisch.

Langsam lösten sich die Finger vom Abzug. Die Pistole fiel in den Sand. Parnell schnappte nach dem Ding, er stand auf, atmete tief aus. Nun hatte er alles unter Kontrolle.

Er schaute auf die Knarre in seiner Hand, die keine war. Es war eine Leuchtpistole. Aber auch die hätte ihren Dienst getan. Wenn sie gezielt abging, konnte sie schmerzhaft sein. Ein Loch in den Bauch fressen. Die Kleidung anzünden.

Für einen Laien unterschied sie sich optisch nicht von einer Smith & Wesson.

Der rationale Teil von Parnells Gehirn drängte andere Gedanken beiseite. Nun bloß nicht die Situation der Überlegenheit auskosten. Schnelle, kurze Befehle, dann nichts wie weg hier.

»Autoschlüssel?«

Bannon wand sich immer noch schmerzverzerrt am Boden.

Richards zeigte auf einen Rucksack am Zelt.

Parnell ging zum Zelt, rückwärts, die beiden im Auge behaltend. Feste Schritte, langsam, nur nicht stolpern im Sand.

Er öffnete den Reißverschluss des Rucksacks. Der Schlüssel fiel ihm entgegen.

Toyota. Hoffentlich kein Yaris. Hoffentlich ein Geländewagen.

Er kramte weiter in der Rucksacktasche. Er ertastete ein Handy. Er blickte kurz in den Zelteingang. Da lag ein zweites Handy. Er steckte sie beide ein.

»Wo?«, fragte Parnell weiter und hob den Schlüssel hoch.

Richards deutete in den Wald.

»Durch den Wald. An der Straße.«

»Gut«, sagte Parnell. »Ein paar Fragen noch.«

Er schaute von Richards zu Bannon und wieder zurück.

Sie starrten ihn an.

»Habt ihr das Mädchen ermordet?«

Die beiden schüttelten energisch den Kopf.

»Habt ihr mich vorgestern Nacht hier in der Bucht gesehen?«

Wieder das Kopfschütteln. Diesmal zögerlicher.

»Habt ihr irgendwen gesehen? Das Mädchen? Jemand Verdächtigen?«

»Nein«, stammelte Bannon mit schmerzverzerrtem Gesicht. »Nein, niemanden, wir kennen dieses Mädchen nicht. Wir haben mit alldem nichts zu tun.«

17

Ein Toyota Land Cruiser. Hundertsiebenundsiebzig PS. Immerhin.

Die Fahrt zurück in die Stadt beruhigte Parnell. Die Scheinwerfer erhellten die Asphaltmeter vor ihm. Den gelben Mittelstreifen. Den Waldrand. Die schattigen Baumstämme, das Dunkel um sie. Einmal schien ihm, als hätten Augenpaare aufgeblitzt. Wahrscheinlich von einem Possum. Ein paar tote Exemplare der Parasiten lagen von Reifen zerquetscht am Wegrand. Der Motor brummte. Fast meditativ.

Zeit, Gedanken zu ordnen.

Zeit zu überlegen, was er in den vergangenen Stunden richtig gemacht hatte.

Er war in die Offensive gegangen. Grundsätzlich.

Er war die Wege abgelaufen, an die er sich noch erinnern konnte.

Er hatte das Unmögliche in Gedanken durchgespielt.

Er war auch jene Wege abgelaufen, die er gegangen sein musste, falls er das Unmögliche getan hatte.

Er hatte nichts getrunken.

Nun war auch die Zeit, zu überlegen, welche falschen Entscheidungen er getroffen hatte.

Er überlegte lange.

Er hätte vorgestern nicht saufen sollen.

Er hätte nie nach Dunedin fahren sollen.

Er hätte in der Bar vorsichtiger sein müssen. Beim ersten Besuch. Auch beim zweiten.

Auch am Strand.

Wahrscheinlich hatte er am Strand die größten Fehler begangen.

Er hätte das Geld nicht nehmen sollen.

Nicht die Pistole.

Die Unvernunft hatte überwogen.

Parnell öffnete das Fenster einen Spaltbreit. Die kalte Abendluft drang ins Innere des Wagens, der Inspektor öffnete den Mund, ließ die kalte Luft in Hals und Rachen dringen.

Es sehnte sich nach einer Zigarette. Komischerweise nicht nach einem Whiskey.

Zeit, vernünftige Entscheidungen zu treffen.

Er war froh, dass er die Handys mitgenommen hatte.

Er hatte kurz gehalten. Beide hervorgeholt.

Die Tastatursperren hatte er schnell geknackt.

Alter Trick. Hatte ihm ein Kleinkrimineller verraten, den er einmal vor dem Knast bewahrt hatte, weil der Mann jenes eine Mal tatsächlich unschuldig gewesen war. Er verriet den Trick nicht weiter, niemandem, schon gar nicht anderen Polizisten.

Im Wald, am Straßenrand, gab es kein Netz.

Er fuhr weiter.

Nach etwa einer halben Stunde erspähte er die ersten Lichter von Dunedin. Er hielt ein zweites Mal, wählte die Dienstnummer seiner Assistentin Haromi. Sie ging nicht ran. Er wählte die Nummer ihres privaten Handys. Sie hob nicht ab. Er sprach ihr auf die Mailbox. Er erzählte ihr alles.

18

Die Tür war verschlossen. So, als hätte es in diesem Haus seit Jahren kein Leben mehr gegeben. Kein Licht beleuchtete die Häuserwand. Die Lampe der Laterne musste defekt oder von einem nächtlichen Randalierer eingeschlagen worden sein.

Die Black-Penguin-Herberge lag im Dunkeln. Wie ein Geisterhaus. Wie ein Haus, in dem etwas Schreckliches passiert sein musste. In dem etwas Schreckliches passiert war.

Es kam Parnell vor, als wären Jahre vergangen, seitdem er das letzte Mal hier gewesen war. Dabei waren es nur Stunden. Sein Koffer, fiel ihm ein, musste immer noch oben neben seinem Bett stehen.

Er fühlte sich unwohl. Wie ein Eindringling in eine dunkle, sakrale Stille.

Der Mörder kehrt zurück zum Ort des Geschehens. Zu den Orten seiner Tat. Es zieht ihn förmlich dorthin.

Der Strand. Die Backpacker-Herberge.

Der Inspektor versuchte, die Gedanken zu verdrängen. Er schaute sich um. Kein Mensch war auf der Straße, der Teer war nass. Wahrscheinlich ein kurzer, heftiger sommerlicher Platzregen in Dunedin.

Aus keinem der Häuserfenster drang Licht. Aber Parnell spürte, dass da jemand war. Er, der fremde Schatten in der dunklen Straße. In der Straße, in der in einem der Häuser ein Mädchen vermisst wurde. Wahrscheinlich getötet. In der Straße, in der in einem der Häuser das Blut dieses Mädchens gefunden worden war.

Er wurde beobachtet. Wahrscheinlich standen sie hinter den Vorhängen ihrer Fenster und starrten hinaus in die Dunkelheit, auf die schwarze Gestalt, die nun die zwei Treppen zur Tür des Black Penguin hochging. Gegen die Tür pochte.

Sie mussten auch die beiden Männer längst beobachtet haben, wie sie aus einem der im Dunkel liegenden Autos ausgestiegen waren.

Beide trugen beige Trenchcoats – wie in romantischen Agentenfilmen. Sie schlichen auf die Backpacker-Herberge und den Fremden zu, scheinbar schwerelos. Der Fremde musste sie erst wenige Schritte hinter sich gehört haben. Er drehte sich um, seine Gesichtszüge waren durch die Gardinen kaum zu erkennen, doch es war zu beobachten, wie sich seine Hände kurz zu Fäusten ballten, wie er die Arme hob, sie sogleich aber wieder senkte.

Keine Chance.

Sie waren zu zweit. Je eine Hand war in der Manteltasche des Trenchcoats verschwunden.

Parnell wusste sofort, dass er diesmal keine Schläge zu erwarten hatte. Die beiden waren Kollegen – eigentlich. Aber das würde jetzt keine Rolle spielen.

»Frank Parnell?«, fragte einer der beiden.

Parnell nickte.

»Können Sie sich ausweisen?«

Wieder startete Parnell den Versuch, die Hände zu heben.

»Langsam, ganz langsam, Kumpel!«

Parnell klopfte sich gegen die Brust.

»Nix dabei, Jungs. Wurde mir alles gestohlen. Vorletzte Nacht.«

Dann wurde nicht mehr gesprochen. Musste auch nicht.

Unter Kollegen musste nicht gesprochen werden. Und dass er tatsächlich Polizist war, mussten die Kollegen hier vor Ort mittlerweile herausgefunden haben. Davon war er überzeugt.

Bei dieser plötzlichen Erkenntnis lief es ihm kalt den Rücken runter.

Er war kein Zufallstreffer. Die beiden Zivilpolizisten hatten hier im Dunkeln nicht auf irgendjemanden gewartet. Sie hatten hier nicht ausgeharrt, mit Kaffee und Avocado-Sandwiches, um mal zu schauen, was sich tat.

Sie hatten nicht darauf gewartet, dass irgendein Verdächtiger den Ort des Geschehens wieder aufsuchen würde.

Sie hatten auf ihren Verdächtigen gewartet.

Auf ihn.

Auf Frank Parnell.

Chefinspektor. Mordkommission Auckland.

Ein Kollege.

Aber das zählte nicht.

Das hier war nicht Auckland. Auckland war ganz weit weg. Genauso weit wie die Welt da oben.

Hier war Dunedin.

Andere Insel. Anderes Ende von Neuseeland.

Andere Regeln.

Hier unten war es nicht von Vorteil, aus Auckland zu sein.

Das unterstrichen auch die abschätzigen Blicke der beiden Kollegen.

Nun klopfte einer der Polizisten Parnells Brust ab. Nichts. Da war keine Waffe.

Parnell fiel ein Stein vom Herzen. Er hatte intuitiv das gestohlene Auto drei Straßen weiter geparkt, war zu Fuß zum Black Penguin gekommen. Die Leuchtpistole lag im Handschuhfach. Das Geld ebenso. Auch die beiden Handys.

Er hob den Kopf, deutete mit einer Bewegung hoch zu den Fenstern der Herberge.

Darf ich meine Sachen holen?, fragte die Bewegung. Meinen Koffer oben im Zimmer?

Kopfschütteln.

Dein Koffer ist längst nicht mehr da oben, sagte das Kopfschütteln.

Dann ein Griff unter Parnells Oberarm.

Ein Zucken seinerseits.

Lass. Ich komm mit, ohne Ärger zu machen. Aber erspart mir den demütigen Griff, das Zerren an mir, das Schieben zu eurem beschissenen zerbeulten Zivilwagen.

Lasst mich als freier Mann über diese Straße gehen.

Lasst die neugierigen Augen hinter den Fenstern, hinter den Gardinen, einen freien Inspektor Parnell über die Straße gehen sehen.

19

Der Rauch füllte seinen Mund, er kitzelte seinen Rachen. Es schien, als suche der Rauch jeden hintersten Winkel im Inneren seines Mundes, um ihn auszufüllen.

Parnell atmete tief ein. Wie gut das tat! Er blies den Rauch in die Höhe, der blendenden weißen Lampe entgegen.

Dann legte er das Feuerzeug wieder auf den Tisch, neben die Zigarettenschachtel, und schob beides dem Mann, der am anderen Ende des Tisches saß, wieder hinüber.

»Danke.«

»Nicht dafür, Frank.«

Das Gesicht seines Gegenübers war nicht zu erkennen. Parnell sah nur dicke, behaarte Arme, dicke, behaarte Finger. Die Fingerkuppen waren gelb, schwarze Ränder unter den Nägeln.

Die Finger griffen nach der Zigarettenschachtel und nach dem Feuer, sie grapschten nach einer Zigarette, sie führten die Zigarette ins Dunkel, entzündeten das Feuer, das Feuer warf Licht und Schatten auf ein fleischiges Gesicht, Siebentagebart, Schweiß an den Wangen.

»Parnell, Parnell …«

Der Mann sprach nicht, er spuckte Worte aus.

Mit dem Zeigefinger wischte er den Speichel vom Tisch.

»Frank Parnell, ein Kollege aus Auckland, hm?«

Parnell sagte nichts. Es war ratsamer, den Mann erst einmal sein Spielchen spielen zu lassen.

»Was hat Sie wohl in den Süden verschlagen? Hier, zu uns? Urlaub?«

»Urlaub.«

Parnell sagte das Wort so emotionslos wie nur möglich.

Er zog an der Zigarette, er spürte, wie ihm das Nikotin ins Hirn stieg. Was für ein angenehmer Schwindel! Schon lange hatte ihm keine Zigarette mehr so gut geschmeckt.

Sein Gegenüber bückte sich, holte eine Wasserflasche und zwei Plastikbecher unter dem Tisch hervor, er öffnete die Flasche, sie zischte, er schenkte ein.

Erst wollte Parnell dankend ablehnen, dann erst bemerkte er, wie durstig er war. Er dachte nach. Er hatte seit der Begegnung mit den vermeintlichen Dokumentarfilmern am Strand keinen Schluck mehr getrunken. Er griff nach dem Wasser, das perlend im Plastikbecher sprudelte.

Er trank gierig.

Im Augenwinkel sah er das abschätzige Schmunzeln des Polizisten. Es musste sich um ein mittelhohes Tier handeln.

Kleine Fische schmunzelten ehrgeiziger. Ganz hohe Tiere gütiger.

Wahrscheinlich mein Pendant hier in Dunedin, dachte Parnell, trank noch einen Schluck, nahm einen letzten Zug von der Zigarette und beschloss, erst einmal den Mann so lange wie möglich in ein Gespräch zu verwickeln, bis ihm ein Ausweg aus dieser anscheinend aussichtslosen Situation einfallen würde.

»Urlaub.«

Die Stimme des Mannes klang nicht überzeugt. Er stand auf, beugte sich nach vorn. Seine Nase war rot, sein Atem roch nach schlechtem Rotwein.

Er schlug mit der Faust auf den Tisch, Parnell spürte, wie seine Augen kurz zusammenzuckten. Es nervte ihn. Er durfte keine Schwäche zeigen. Augenzucken bedeutete Schwäche.

»Wollen Sie uns verarschen? Halten Sie mich für dumm?«

Parnells Gesicht blieb nun versteinert. Kein Augenzucken. Keine Antwort.

Der Mann kämpfte sich hinter seinem Schreibtisch hervor, er umschlich Parnell und näherte sich von hinten seinem Kopf.

Er flüsterte nah an Parnells Ohr vorbei. Sein Atem kitzelte in der Ohrmuschel.

»Halten Sie mich für dumm, Inspektor Parnell?«

Nicht antworten. Jetzt bloß nicht antworten. Jetzt bloß keine Fehler machen. Nicht einknicken. Nicht aufbäumen.

»Denken Sie, wir hier unten sind Hillbillys, Waldschrate, denken Sie, wir hätten Rattenhirne? Possumhirne? Denken

Sie, wir können nicht lesen und schreiben? Wir können eins und eins nicht zusammenzählen, hm?«

Der Mann fasste Parnell ins Gesicht. Der Inspektor spürte die Mischung aus warmer, fetter Fingerhaut und Schweiß. Er spürte, wie die Finger seine Wangen zusammendrückten, wie die Wangen gegen die Zahnreihe stießen.

Er spürte den Schmerz seiner Prellungen, die sich über Stirn, Augenknochen und Wangen zogen.

»Entweder halten Sie uns für dumm. Oder Sie selbst sind so dumm, wie ich denke, dass Sie uns dafür halten.«

Er drückte fester zu.

Parnells Puls pochte, er spürte, wie Zorn in ihm hochkroch.

Genau den Zorn will der Mann haben, genau den Zorn darfst du ihm nicht zeigen.

Parnell bewunderte seine Selbstbeherrschung. War das die Nüchternheit? Hätte er Whiskey intus, hätte er längst zugeschlagen.

»Mein Name ist Inspektor Robert Walken. Ich leite die Ermittlungen, Parnell. Wir haben ein blutverschmiertes Zimmer in einer Backpacker-Herberge, Herr Kollege. Wir vermissen ein Mädchen.«

»Stammt das Blut von dem Mädchen?«

Die Frage schoss unüberlegt aus Parnell heraus.

Der Mann kläffte mehr, als dass er lachte.

»Falsche Rolle, Herr Kollege. Sie ermitteln in dieser Sache nicht, falls Sie das noch nicht verstanden haben.«

Inspektor Walken hielt immer noch Parnells Kopf mit seinen Fingern zusammengedrückt.

»Blut. Ein vermisstes Mädchen, in einer Herberge, in der auch Sie übernachtet haben …«

»Und vermutlich hundert weitere Gäste …«, knurrte Parnell schnell.

Wo es ein Argument gab, musste es auch schnellstens gebracht werden.

»Ja, wahrscheinlich«, stimmte ihm der Mann zu. »Haben wir alle überprüft, haben wir alle befragt …«

Wie ein Blitz schoss es plötzlich durch Parnells Kopf. Alle wurden befragt. Nur er nicht. Er hatte das Black Penguin vorgestern früh verlassen – ohne dass ihn jemand daran gehindert hatte. Entweder waren die Polizisten hier unten tatsächlich so blöd, wie dieser Inspektor Walken behauptete, dass sie es nicht seien.

Oder er war tatsächlich der Blöde. Und sie waren ganz schön gerissen.

Die Antwort auf diese Frage war ihm plötzlich klar.

Es fiel ihm endgültig wie Schuppen von den Augen.

Sie hatten ihn von Anfang an im Visier gehabt. Sie waren ihm von Anfang an gefolgt.

Walken musste bemerkt haben, dass Parnell diese Erleuchtung tatsächlich jetzt erst kam.

Er hatte sich wieder hinter den Tisch gestellt und ein Zeichen ins Dunkel gegeben. Das Grinsen von vorhin war nun noch breiter, siegessicherer, überlegener geworden.

Das Licht der Lampe mischte sich in den nun vollends erhellten Raum.

Parnell schaute nach links, nach rechts, dann wendete er den Kopf.

Er befand sich in einem Bürozimmer.

An der Tür stand ein zweiter Polizist. Kräftig, lang, jung.

Er brauchte ein paar Sekunden, dann erinnerte er sich an ihn.

Es war einer der beiden Männer, die ihm vor zwei Tagen den Zutritt in das blutverschmierte Zimmer der Vermissten verwehrt hatte.

War es auch der Mann, dem er im Klo des Anchor Heart wiederbegegnet war? Der ihn mit anderen Männern zusammengeschlagen hatte? Der Mann, der in der Polizeiuniform steckte, deren Hosenansatz er erkennen konnte, bevor er das Bewusstsein verlor?

Mit dem würde er fertig werden.

Er erschrak sofort über seinen Gedanken.

Drängte ihn in den Hintergrund.

Die Plastikjalousien waren heruntergelassen, von draußen konnte man nicht ins Innere sehen, vom Inneren jedoch nach draußen. Ins Großraumbüro.

Nur noch wenige Beamte saßen an ihren mit Akten vollgestapelten Schreibtischen. Wenige Lichter brannten.

Parnell suchte nach einem Fenster. Er fand eins hinten links. Durch das Fenster war ein Baumstamm zu sehen.

Parnell war im ersten Stock.

Er sah einen Parkplatz.

Bis zum Fenster waren es zwanzig Meter. Zwanzig Sekunden mit Umwegen zwischen den Schreibtischen.

Der Gedanke war längst zu stark, zu alternativlos, um ihn weiter im Dunkeln des Hirns zu belassen.

Parnell drehte sich wieder zum Tisch um. Inspektor Walken hatte eine große Plastiktruhe auf die Tischplatte gelegt.

Er machte sich am Deckel zu schaffen.

Hob etwas heraus.

Eine Tüte. Milchiges Plastik. Undurchsichtig.

Er öffnete sie. Hob eine weitere Tüte heraus.

Durchsichtig.

Parnells Koffer befand sich darin.

Der Koffer. Und Federn.

Schwarze Federn.

Pinguinfedern.

Walken trug keine Waffe. Kein Inspektor trug eine Waffe im eigenen Büro.

Der Mann an der Tür würde sicher eine tragen.

Parnell würde zwei Schritte bis zur Tür brauchen.

Walken hob noch eine Tüte aus dem Plastikbehälter.

Gleiches Spiel wie vorhin.

Undurchsichtig.

Er öffnete sie.

Holte eine kleinere durchsichtige Tüte aus der größeren.

Parnell erkannte ein Unterhemd. Sein Unterhemd. Seine Unterhose. Seinen Schlafsack.

Blutverschmutzt.

Kurz schnürte es Parnell die Kehle zu. Als lasteten all diese vermeintlichen Beweisstücke auf seinem Adamsapfel. Kurz wurde ihm schwarz vor Augen. Kurz schaffte es sein Gehirn nicht mehr, das Unaussprechliche zu verdrängen. War er nicht nur ein Mörder – war er auch noch ein Mörder,

der sich nach der Tat blöder anstellte, als er es je von einem Mörder erlebt hatte?

Welches Zurück gab es jetzt noch? Ihm fiel kein Ausweg ein. Nur die Flucht nach vorn, die Strategie, die ihm bislang nichts genützt hatte, sie hatte ihn hierher, als Hauptverdächtigen in die Polizeistation, befördert. Alle Brücken hinter ihm waren eingestürzt.

Er nahm Walkens Worte nur noch wie aus weiter Ferne wahr. Wie besoffen, obwohl er stocknüchtern war.

»Wir haben viel, Frank Parnell. Sehr viel. Wir haben Ihre Unterhose. Ihr Unterhemd. Das Blut darauf. Die forensischen Untersuchungen laufen. Ich bin mir ziemlich sicher, welches Ergebnis wir zu erwarten haben. Und Sie wissen es auch bereits. Wir haben die Aussage eines gewissen Mike Flick. Betreiber der *Penguins & Adventure Tours*. Sie hätten rumgeschnüffelt. Vor seinem Haus. Sie hätten Fragen gestellt ...«

Parnell öffnete den Mund, doch aus dem Inneren kam kein Ton. Es war, als erinnere er sich noch vage daran, wie man aus Buchstaben Wörter bildete, aber die mangelnde Übung schien ihm das Gelingen zu versagen.

»Ich ...«

»Wenn ich Ihnen einen Rat geben darf, Inspektor Parnell, und ich gebe Mördern nicht gerne einen Rat, schweigen Sie. Sie werden jetzt in eine unserer Zellen wandern, vorher dürfen Sie Ihren Anwalt anrufen. Und falls der keine Zeit und Lust hat, von da oben hier runterzukommen, werde ich Ihnen einen Pflichtverteidiger besorgen. Vorher aber werden Sie mir einen Gefallen tun. Besser gesagt, diesen Gefallen tun Sie sich selbst. Machen Sie es kurz. Quälen Sie sich und uns nicht länger …«

Der Mann schluckte, und allein dieses Schlucken ließ Parnell ihn plötzlich in einem anderen Licht sehen. Der Mann war ihm unsympathisch, aber er tat nichts anderes als seinen Job. Den Job, der normalerweise Parnells war. Er hätte mit einem Verdächtigen nicht anders geredet. Ihn bei dieser Konstellation nicht anders behandelt.

Dieser Mann war der Gute. Er selbst war der Böse. Alles sah danach aus.

»… quälen Sie dieses Mädchen nicht länger. Falls es noch lebt. Falls Sie es haben leben lassen.«

Ein Flehen lag in Walkens Stimme.

Parnell spürte, wie sich in seinen Augenwinkeln brennende Tränen sammelten. Er wusste nicht, was es war, das ihn plötzlich überkam. Müdigkeit. Selbstmitleid. Oder der Gedanke an das Mädchen, der ihn nun erstmals übermannte. Er fühlte sich schlecht dabei. Ihm wurde bewusst, dass in all den Stunden, seitdem seine bisherige beschissene Welt zusammengebrochen war, seitdem sein beschissenes Leben noch beschissener geworden war, alle seine Gedanken sich nur um ihn gedreht hatten. Nicht um das Mädchen. Nicht um den Mörder, falls er es nicht selbst war, den Mörder, der da draußen immer noch irgendwo herumlief.

Plötzlich sah er alles ganz klar. Nach Stunden, in denen er versucht hatte, seinem Instinkt zu folgen, wusste er nun ganz genau, was zu tun war. Er musste nach Beweisen suchen. Dies würde er nicht können, wenn er hier in einer Zelle schmachtete.

Er musste die Wahrheit herausfinden. Und wenn die Wahrheit die war, von der Walken überzeugt war, dann würde er sich stellen. Sofort. Das schwor er sich in diesen Sekunden.

Dann nahm er den Schwur umgehend zurück.

Und formte einen neuen.

Dann würde er sich umbringen.

Auf der Stelle.

Wieder hörte Parnell die Schritte hinter sich. Der Polizist war näher getreten. Er hörte ein Rascheln. Der Mann legte eine Landkarte auf den Tisch. Parnell erkannte sofort, um welchen Kartenausschnitt es sich handelte.

Um das Naturschutzgebiet mit dem Pinguinstrand.

»Wo?«

Das Flehen lag immer noch in Walkens Stimme.

Parnell unterdrückte das Heben der Schultern.

Er öffnete den Mund.

Er spürte, wie seine Lippen zitterten.

Erst kam nur ein Keuchen, dann zitternde erste Laute.

Er musste Hoffnung erzeugen.

Hoffnung erzeugt ein wohliges Gefühl.

Wohlige Gefühle gaukeln Sicherheit vor.

Sicherheit macht unvorsichtig.

Unvorsichtigkeit macht angreifbar.

Wer unvorsichtig ist, ist überraschbar.

»Sie lebt.«

Er hörte seine Worte, als würde jemand völlig Fremdes aus einer unbekannten Parallelwelt sprechen.

Er hörte das aufgeregte, zitternde, erleichterte Aufatmen der beiden Polizisten.

Er spürte, wie ihn die eigene Anspannung fast zerriss.

»Sie ist ... ich habe sie ...«

Er erhob sich leicht vom Stuhl.

Walken ließ ihn gewähren.

Auch von hinten kam keine Hand, die ihn wieder nach unten drückte.

Darauf hatte er gehofft.

Er beugte sich über die Karte.

»Sie ist ... ich habe sie ...«

Er wartete.

Die nächsten Sekunden waren ausschlaggebend.

»Ich ... das muss ... hier ist der Wald, oder?«

Endlich. Wieder hörte er die Schritte hinter sich. Der Polizist trat wieder näher.

»Wo steht das Zelt der Dokumentarfilmer? Hier ungefähr, oder? Dann muss ...«

Er beendete den Satz nicht.

Er drehte sich blitzschnell um und landete einen Haken gegen den Wangenknochen des Polizisten, der hinter ihm stand.

Der Mann taumelte, Parnell fasste ihn am Gürtel, damit er nicht fiel. Der Mann war größer als er, die Arme waren dicker, muskeldick, der Mann war durchtrainiert, jeder Zentimeter seines Körpers.

Parnell musste diesen kurzen Moment der Überraschung nutzen. Das war seine einzige, winzige Chance.

Walken würde keine Probleme machen. Walken war zu

langsam, zu träge. Vielleicht nicht im Kopf, doch im Körper, in dem er steckte. Bis er reagierte und sich um den Schreibtisch herumgekämpft hatte, musste Parnells Vorhaben bereits beendet sein.

Wenn er nicht selbst Polizist gewesen wäre, hätte es nicht geklappt. Die Smith & Wesson war gut verankert, gut gesichert. Doch er kannte die Bewegungen blind, die nun folgen mussten. Er tätigte sie bei Schießübungen zwei Mal die Woche.

Mit Daumen und Zeigefinger löste er den Knopf, der in der Lederhalterung die Pistole fixierte. Er schnappte den Griff, zog ihn hoch, ließ ihn in seine Handfläche rutschen, umklammerte das kalte, schwarze Plastik mit seinen Fingern.

Er löste die Sicherung, er ließ eine Patrone in den Lauf fallen. Er stieß den Polizisten von sich. Trat drei Meter zurück.

Er hätte dem Polizisten die Pistole an die Schläfe halten können – aber er traute den eigenen Kräften nun doch nicht so sehr. Wäre er ganz bei Sinnen gewesen, nicht im Zustand eines süchtigen Wracks, dann wäre das sicher die bessere Methode gewesen.

Doch im Istzustand, im Zeichen seines Zitterns, im Gefühl, aller Schweiß, der in ihm steckte, sammele sich auf den Poren seiner Stirn, literweise, war es wohl klüger, aus der sicheren Entfernung die Lage zu kontrollieren.

Was wusste er von dem Mann, der ihn möglicherweise vor wenigen Stunden noch in einem versifften Kneipenklo mit anderen muskelbepackten Männern zusammengeschlagen hatte?

Nichts.

Vielleicht war er von irgendeiner Spezialeinheit, die Typen wie ihn, auch wenn man ihnen eine Pistole an die Schläfe hielt, mit zwei schnellen Handgriffen außer Gefecht setzte.

Lieber auf Abstand halten. Parnell war froh, zumindest nicht so fertig zu sein, sich selbst zu überschätzen. Lieber die Vorsichtsvariante.

Er schaute in die Gesichter. Der muskelbepackte Polizist zeigte kein Gefühl. Keine Regung. Ein Maschinengesicht.

In Walkens Gesicht hingegen lag Angst. Überraschung. Menschliche Züge. Vielleicht hatte er diesen Inspektor zu schnell, zu vorurteilsbehaftet, zu falsch eingeschätzt.

Parnell hatte den Lauf der Pistole auf das Maschinengesicht gerichtet, nun schwenkte er rüber zu Walken.

Er sah das Zittern in den Augen des Inspektors von Dunedin. Auch dessen Lippen bebten. Er hatte Familie. Ganz sicher. Das sah man Männern im Zeichen der Angst sofort an. Man konnte im Zeichen der Angst ihre Gedanken lesen. Die Furcht davor, die Lieben nie wiederzusehen. Sich nicht richtig von ihnen verabschiedet zu haben. Der Kuss nicht innig genug. Die letzte Liebesbekundung zu lange zurück.

Parnell selbst hatte in seinem Leben bereits einige Male in die Mündung einer Waffe geschaut. Da stellte man sich die Frage aller Fragen, man konnte gar nicht anders.

Ist es schlimm, dass jetzt gleich alles vorbei sein könnte?

Nicht, dass er in all den vergangenen Jahren bis zu diesem heutigen Tag jemals an Selbstmord gedacht hatte, so weit wäre er nie gegangen. Vielleicht nicht aus Trägheit, vielleicht einfach nur, weil ein letzter Rest Stolz noch ihn ihm steckte.

Aber mit der Mündung einer Kanone im Auge konnte er nicht sagen, dass er sich am Leben festklammerte, im Gegenteil. Ein irritierendes Gefühl von Leichtigkeit hatte ihn in solchen Situationen stets befallen.

Die Erleichterung darüber, dass nun alles vorbei sein konnte. Dass irgendeine Kraft, ob Gott oder Schicksal, für ihn entschieden hatte. Ihn erlöst hatte. Mit der leisen Hoffnung, sein Gegenüber möge gut zielen, ihn mitten ins Herz treffen.

Die Hoffnung, nicht leiden zu müssen, so wie sein Vater.

Parnell sah Walken tief in die Augen, er wartete, bis sich ihre Blicke gefasst hatten, ineinander verkeilt. Für eine Sekunde schien die Welt stillzustehen.

Nur draußen im Großraumbüro ratterten rhythmisch die Ventilatoren. Sonst keine Bewegung. Zwei, höchstens drei Polizisten, saßen noch vor ihren Computern, die Schatten und Licht auf ihre müden Gesichter warfen.

Die dösten mehr, als dass sie wachten.

Es würde kein Problem sein, an ihnen vorbeizukommen.

Die Blicke der beiden Inspektoren waren immer noch starr aufeinander gerichtet.

Parnell hoffte, sein Gegenüber würde in seinen müden Augen etwas erkennen.

Unschuld.

»Inspektor Walken, ich habe dieses Mädchen nicht getötet. Ich halte sie nicht gefangen. Ich bin unschuldig.«

Der Mann trat einen kleinen Schritt an Parnell heran. Parnell festigte seinen Griff an der Pistole. Ein kurzer Blick zum zweiten Polizisten. Dieser rührte sich nicht.

Walken hob leicht beide Arme. Eine Geste der Beruhigung. Der Unterwerfung.

»Ich möchte Ihnen das gerne glauben, Frank Parnell. Doch ich kann nicht. Wenn ich es Ihnen glauben würde, würde ich jetzt auf Sie zugehen, Schritt für Schritt, Ihnen diese Waffe aus der Hand nehmen. Wenn ich Ihnen glauben würde, wäre ich überzeugt, dass Sie mich das machen lassen würden und nicht auf mich schießen würden. Weil Sie an das Gute, an die Gerechtigkeit glauben, weil Sie niemanden töten könnten, niemand Unschuldigen, keinen Vater von drei Kindern. Beweisen Sie mir, dass ich Ihnen trauen kann, legen Sie die Waffe auf den Boden, kommen –«

»Lassen Sie das, Walken.«

Der Inspektor aus Dunedin schloss kurz die Augen. Ihm muss klar geworden sein, dass dieser Versuch an einem erfahrenen Kollegen abprallen musste.

Als sich die Lider des Mannes wieder öffneten, stand Parnell bereits an der Tür.

Er öffnete sie mir der freien Hand, schob sie auf, trat rückwärts in das Großraumbüro hinaus. Die nächsten Sekunden erlebte er, als hätte er sich selbst beim Handeln zugesehen. Er bewegte sich weiter langsam rückwärts, sodass er die beiden Männer weiter im Auge behalten konnte. Noch würden ihn die Polizisten vor den Schreibtischen nicht als Flüchtenden wahrnehmen.

Noch zwei Schritte, drei, dann senkte er die Pistole, drehte sich schnell um und rannte.

Sein ganzer Körper, sein Geist, sein Verstand wehrten

sich dagegen, aber als er einige Schreibtische umkurvt hatte und sich dem offenen Fenster näherte, übertrumpfte sein Mut den Verstand.

Er hob an, sprang, als würde er in einen Pool springen.

Noch wusste er nicht, was sich seinen Augen als Landeoption offenbaren würde. Er wusste nur, dass er sich im ersten Stock befand.

Eine Wiese? Geparkte Autos? Ein spitzer Zaun?

Nun war es zu spät. Nun flog er.

20

Er sah das Blau, er sah das Dunkel der Scheibe, für den Bruchteil einer Sekunde spiegelte sich sein überraschtes Gesicht darin. Dann knallte der Kopf gegen das Autodach, der Schmerz war heftig, doch kurz, er wurde verdrängt vom Aufprall der Schulter. Parnell spürte ein Reißen, sofort war ihm klar, dass der rechte Arm mit der rechten Hand, in der er die Smith & Wesson umklammert hielt, für eine Weile nicht mehr zu gebrauchen sein würde.

Die Schulter brannte, als würde geschmolzenes Gestein aus den Blutgefäßen quellen und in Richtung Arme und Herz fließen.

Parnell stöhnte, es war noch nicht vorbei.

Alles in ihm wehrte sich dagegen, doch sein Wille sagte ihm, dass er sich zur Seite, vom Autodach hinunterwälzen musste.

Er drehte sich, dann erfasste ihn erneut die Schwerelosigkeit.

Ein kurzer Fall.

Weiches Aufkommen im Gras. Seitlich. Diesmal zum Glück auf die andere Schulter. Kein Reißen. Kein Schmerz. Kurz ließ er die Pistole los. Er wusste, dass es jetzt um Sekunden ging.

Er spürte die kitzelnden Grashalme an der Nasenspitze, er roch den Rasen, die Erde. Sie roch frisch und feucht. Wie gerne wäre er jetzt einfach hier liegen geblieben.

Er raffte sich auf, stützte sich mit der linken Hand ab, griff nach der Pistole.

Vor dem, was jetzt kommen musste, hatte er sich bei dem Vorhaben am meisten gefürchtet.

Nicht, weil es gefährlich war. Es war der wahrscheinlich ungefährlichste Part seiner Flucht.

Aber er würde nun eine Grenze überschreiten müssen.

Einen unschuldigen Menschen bedrohen.

Einen unschuldigen, unbekannten Menschen.

Nicht einen Polizisten, der Bedrohungen wegsteckte, auch den Blick in eine Pistolenmündung.

Auf dem Parkplatz standen Dutzende Autos. Gegenüber der Polizeistation lag ein Supermarkt, bei einem der Autos, einem Familienvan, war der Kofferraum geöffnet, daneben stand ein vollbepackter Einkaufswagen.

Die Polizisten der Polizeistation mussten bereits auf dem Weg nach draußen sein.

Vom Fenster aus würden sie nicht auf ihn schießen, vermutete Parnell.

Der Familienvan war nur noch wenige Schritte entfernt. Durch die Scheiben des Autos sah er, was ihn erwartete.

Kein Familienvater. Verdammt, kein Familienvater, der allein den Wocheneinkauf machte. Parnell verfluchte diesen ihm unbekannten Vater mit den ordinärsten Schimpfwörtern, die ihm in den Sinn kamen.

Wo war er? Mit den Kumpels einen trinken? Auf der Couch, Bier in der Hand, Rugby schauen?

Warum schickte er seine Frau mit den Kindern zum Einkaufen? Eine Tochter. Sieben, acht vielleicht, schätzte Parnell. Ein Baby im Kinderwagen. Schreiend.

Gleich würde auch die Tochter schreien, die Mutter.

Noch ein paar Schritte, dann würden sie ihn sehen.

Vielleicht tat er ihrem Mann unrecht. Wahrscheinlich ging der irgendwo einem Scheißjob nach, machte Überstunden, hatte einen Zweitjob, um über die Runden zu kommen.

Parnells Gedanken hetzten im seinem Kopf hin und her. Entschuldige dich nicht. Laber nicht. Mach es kurz. Mach, dass sie erschrecken, mach, dass sie zurückweichen.

»Schlüssel!«, schrie er.

Mehr sagte er nicht.

Das Kreischen des Mädchens mischte sich ins Kreischen des Babys.

Die Mutter fuhr erschrocken hoch, sie gab keinen Laut von sich. Ihr Mund und ihre Augen waren weit geöffnet.

Nicht erstarren. Fahr mit deiner Hand in die Manteltasche, rück den Schlüssel raus!

Parnells flehende Gedanken schienen ihr im Unterbewusstsein den Befehl gegeben zu haben.

Ihre Hand holte zitternd den Schlüssel aus der Manteltasche hervor.

Kurz drehte sich Parnell um, er sah niemanden, doch sie mussten unterwegs sein.

Er durfte keine Zeit verlieren.

Bloß nicht den Schlüssel fallen lassen.

Er ging drei Schritte auf die Mutter zu. Legte seine Hand auf ihre.

Sie war zart und kalt.

Als er im Auto saß, im Rückwärtsgang quietschend die Parklücke verlassen und hastig in den ersten Gang geschalten hatte, blendete ihn die tief stehende Sonne. Er konnte im Rückspiegel nichts mehr erkennen, doch er malte sich das Bild aus, das sich dort wohl abzeichnete: Ein halbes Dutzend bewaffneter Männer teilte sich auf und kam in seine Richtung gelaufen, die anderen eilten zu ihren Einsatzwagen.

Er schaltete in den zweiten Gang, dann in den dritten und gab Gas.

Ohne nach links und rechts zu schauen, raste er auf die Hauptstraße in den Verkehr hinein.

Er hörte dumpfe Schüsse. Vielleicht war es aber auch nur sein Puls, der in seinem Hals pochte.

Puff, puff, puff.

Im Rückspiegel die blendende Sonne. Das ganz normale Leben, endgültig hinter sich gelassen. Nicht mehr einholbar.

21

Nichts und niemand verschwindet. Wer sich versteckt, kann gefunden werden. Alles nur eine Frage der Zeit. Ganz verschwinden kann ein Mensch nur, wenn er lange unentdeckt irgendwo tot liegt, bis zu seiner vollständigen Verwesung.

Dann ist er weg, ganz weg.

Das aber hatte Parnell für sich ausgeschlossen. Vorerst.

Er wollte nicht verschwinden.

Und er wollte nicht, dass das vermisste Mädchen verschwunden war.

Tot. So gut versteckt, dass niemand sie finden konnte, bis sie verwest sein würde. Ausgelöscht.

Vielleicht lebte sie noch. Er hoffte es. Für sie. Aber auch für sich selbst.

Nichts verschwindet für immer, das wusste Parnell. Zumindest nichts, was noch lebt.

Wer für ein paar Stunden verschwinden will, der sollte nicht die Einsamkeit suchen, denn die Einsamkeit birgt zu viel Risiko. In der vermeintlichen Einsamkeit konnte jeder Atemzug, jeder gelbe Jackenfleck im grünen Wald Aufmerksamkeit erregen.

Trägst du normale Kleidung, solltest du dich nicht im Wald verstecken. Willst du als Mensch verschwinden, mische dich in die Menschenmenge, gehe darin auf, verschmilz mit dem Ganzen.

Sei immer da, wo viele sind.

Entferne dich nie von der Masse.

Parnell hasste es, da zu sein, wo viele waren.

Er mied große Menschenansammlungen. Wann immer es nur ging.

Parnell saß am liebsten auf der Terrasse seines Häuschens in Auckland. Captain Ahab, der seine Beine umschweifte, der leise summende Fernseher aus dem Wohnzimmer im Hintergrund, manchmal das Brummen eines Motors, manchmal das Quietschen von Autoreifen, das Kreischen einer Möwe, Zigarette in der einen und den Whiskey in der anderen Hand.

Sonst nichts.

Er war mit dem Familienvan aus der Stadt hinausgefahren. In Richtung Berge.

Er hatte den Wagen am Straßenrand abgestellt. Und war in einem großen Bogen in die Stadt zurückspaziert.

Es waren kleine Tricks, die manchmal reichten.

Er hatte die Smith & Wesson vom Beifahrersitz genommen und einen Schuss abgegeben.

In den Tank.

Dickflüssig quoll das Benzin aus dem Einschussloch und lief auf den Asphalt.

Er legte die Waffe zurück auf den Beifahrersitz. Im Handschuhfach entdeckte er einen Kugelschreiber. Er riss ein Blatt aus der Betriebsanleitung des Autoradios heraus und schrieb:

Ich bin unschuldig.
Frank Parnell, Inspektor, Auckland

Sie würden denken, er habe das Auto nicht freiwillig verlassen. Sie würden denken, er habe keinen anderen Ausweg gesehen, als sich zu Fuß durch die Wälder weiter durchzuschlagen.

22

Als er die Stadt erreichte, dämmerte es bereits. Er betrat ein Café, tat so, als suche er jemanden, und schnappte sich beim Hinausgehen eine der Jacken, die an der Tür hingen. Dunkelbraun, unauffällig. Auch eine Schirmmütze. Dunkelblau. Er zog sie tief über sein verbeultes Gesicht. Seine Lederjacke stopfte er in einen Mülleimer.

Er lief durch die Fußgängerzone. Er streifte durch die Einkaufstempel. Er schaute sich Elektrogeräte an, die ihn nicht interessierten. Er schaffte es tatsächlich, sich abzulenken, mit den Banalitäten, die die schöne teure Warenwelt zu bieten hatte.

Im Angesicht dieses technischen Überflusses verspürte er tatsächlich so etwas wie Zufriedenheit.

Zufriedenheit mit dem Leben, das er lebte.

Gelebt hatte.

Bis vor achtundvierzig Stunden.

Er brauchte dies alles nicht.

Er schwor sich, wenn das alles irgendwann vorbei sein

würde, in Auckland, wenn er es jemals dorthin zurück schaffen sollte, einmal wöchentlich durch Kaufhäuser zu streifen.

Er spürte jetzt, in den schlimmsten Stunden seines Lebens, dass dies wie Medizin war. Wie eine Massage der Seele.

Er kam an einem Zeitungskiosk vorbei. Er stellte sich an den Zeitungsständer, stieß ihn mit einer Hand an, der Ständer drehte sich quietschend. Parnell schaute gelangweilt auf die Schlagzeilen. Die internationale Presse berichtete als Aufmacher von einem Treffen der wichtigsten Staatschefs der Welt bei der UNO in New York.

Neuseelands Ministerpräsident war nicht dabei. Neuseeland war nicht wichtig genug.

Parnell hatte nichts dagegen, dass Neuseeland nicht wichtig war. Er lebte gerne in einem unwichtigen Land.

Die Sportmagazine berichteten von der bevorstehenden Rugby-Weltmeisterschaft, die in Südafrika stattfinden würde.

Er nahm den *New Zealand Herald* in die Hand und blätterte darin. Als er beim Sport angelangt war, blätterte er noch einmal zurück in die Politik.

Er schnappte sich die Lokalzeitung von Dunedin. Die *Otago Daily Times.* Blätterte auch sie durch, nichts. Absolut nichts.

Der Kioskverkäufer räusperte sich.

Parnell verstand das Zeichen sofort. Es war die Aufforderung, die Zeitungen gefälligst zu kaufen, wenn er darin lesen wollte.

Der Inspektor hätte sie gerne gekauft, doch er hatte kein

Geld in der Tasche, um sie zu kaufen. Aber er war sich auch so sicher.

Da stand nichts. Nicht die kleinste Meldung.

Das Verschwinden des Mädchens war zwar nun über zwei Tage her, doch so ganz konnte es nicht aus der Nachrichtenwelt verschwunden sein. Es musste ja nicht mehr die Schlagzeile auf Seite eins sein.

Parnell verließ den Kiosk. Er suchte nach einer Bar, einem Restaurant, in dem ein Fernseher lief. Wenn er ein geflohener Mörder war, musste seine Flucht als Breaking News in Dauerschleife laufen. Er rannte die Ladenzeile entlang. Dann nahm er die Rolltreppe in die obere, dann in die untere Etage.

Erleichtert sah er in der hintersten Ecke, neben einer Gelateria, einen Internet-Hotspot.

Fünfzehn Minuten gratis ins Internet, stand in neonfarbenen Lettern über den kleinen Tischen mit den modernen Apple-Computern darauf.

Er setzte sich, gab falsche Personendaten ein, öffnete die Suchmaske von Google und tippte »Dunedin junge Frau vermisst« ein.

Er überflog die Treffer.

Nichts.

Er ergänzte seine Suche mit weiteren Schlagwörtern.

Immer noch nichts.

Mit zitternden Fingern änderte er seine Suchbegriffe.

Kein Treffer.

Er versuchte, sich zu konzentrieren. Konnte das sein? Was hatte das zu bedeuten? Er kannte das Katz-und-Mausspiel zwischen Medien, Polizeireportern und Polizisten.

Es war ein wechselseitiges Geben und Nehmen.

Tust du was für mich, tu ich was für dich.

Aber dass gar nichts ging, dass Funkstille herrschte, das hatte er noch nie erlebt.

Schon gar nicht bei einem Fall wie diesem.

Das gab es nicht.

Das war fern aller Realität.

Parnell setzte sich auf eine der Bänke im Einkaufszentrum. Er nahm die Schirmmütze ab und fuhr sich durch die Haare. Er suchte nach den Blicken der Passanten, die an ihm vorbeiliefen. Nichts Auffälliges. Kein Erschrecken, kein Blick länger als üblich. Kein Noch-mal-Umdrehen. Kein Getuschel. Kein Griff zum Handy.

Niemand erkannte ihn.

Er stand auf, ging zu den Rolltreppen und ließ sich von ihnen zum Eingang des Einkaufstempels hinauftragen.

Ein halbes Dutzend Taxis wartete am Straßenrand. Er beeilte sich, um es sich nicht noch einmal anders zu überlegen. Er öffnete die Tür des ersten und stieg ein.

»Wohin?«, fragte der Fahrer.

Er trug einen grauen Rauschebart. Doch sein Aussehen war Parnell egal. Das Radio lief. Das war wichtig.

»Kennen Sie mich?«, fragte Parnell zurück.

Der Mann schaute ihn kurz und desinteressiert an.

Ohne eine Reaktion abzuwarten, sprach Parnell weiter.

»Mein Name ist Frank Parnell. Polizeiinspektor aus Auckland.«

Nun verzog der Mann die Lippen hinter dem Rauschebart zu einem genervten Grinsen.

»Hören Sie zu. Ich kenne noch nicht einmal den Polizeiinspektor von Dunedin. Warum sollte ich also Sie kennen?«

»Sie hören Radio.«

Der Mann tippte nun genervt mit den Fingern auf dem Lederlenkrad herum. Die Fingernägel waren schwarz, die Fingerkuppen gelb. Auf der Ablage unter der Handbremse quoll Tabak aus einer Schachtel hervor, daneben lag Zigarettenpapier.

»Ich höre Radio, ja.«

»Den ganzen Tag.«

»Den ganzen Tag, Kumpel.«

»Und Sie haben nichts von mir gehört?«

»Ich habe nichts von Ihnen gehört, Kumpel. Ich weiß ja nicht, wie es anderswo ist, vielleicht sind anderswo Polizeiinspektoren Superstars. Bei uns hier sind sie es nicht. Gott sei Dank. Ich habe mir den ganzen Tag über die Vorberichterstattung zum Spiel heute Abend angehört. Die Highlanders spielen heute gegen die Crusaders aus Christchurch. Und Robson, unser Halfback, ist verletzt. Aus Auckland, haben Sie gesagt, kommen Sie? Sagen Sie, Ihr junger Neueinkauf, Patrick Wilson, wie macht der sich? Waren seine ersten Einsätze wirklich so exzellent, wie ich gehört habe?«

Parnell kannte weder die Highlanders noch die Crusaders, noch hatte er von einem Patrick Wilson jemals etwas gehört. Er war wohl das einzige männliche Wesen in Neuseeland, das sich nicht für Rugby interessierte. Gar nicht aus Überzeugung oder aus einer allergischen Reaktion heraus, weil Rugby so allgegenwärtig war. Normalerweise war das so. Alles, was jeder mochte, stieß bei Parnell erst einmal auf Skepsis.

Aber nicht bei Rugby. Rugby langweilte ihn schlicht und ergreifend. Das war schon als kleiner Junge so. Als er es selbst spielte. Spielen musste. Weil dies einfach dazugehörte. Wie zur Schule gehen. Er war kein guter Rugbyspieler. Er war zu langsam. Zu wenig intuitiv. Er empfand keinen Spaß dabei, einen guten Pass zu spielen, den Gegner mit zwei Haken schwindelig zu laufen, einen Touchdown zu schaffen, sich von allen bejubeln zu lassen.

Ihm war wichtig, keinen Fehler zu machen, damit die Mannschaft nicht sauer auf ihn war. Ihm war wichtig, das Spiel schnell und unaufgeregt hinter sich zu lassen.

Das konnte nicht reichen für eine Rugbykarriere.

Gott sei Dank.

Er sah in den Rugbyspielern, die in ganz Neuseeland grimmig von den Werbeplakaten schauten, keine Idole. Er hielt nichts von diesen muskelbepackten Maschinen.

Er hatte sich im Laufe des Lebens ein paar Rugbyfloskeln angeeignet. Das musste sein. Er konnte sie beiläufig fallen lassen, wenn er an Theken saß und sein Gegenüber über einen Spieler sprechen wollte.

»Guter Mann.«

»War letzte Saison gar nicht mal so schlecht.«

»Körperlich gut, aber da fehlt das taktische Verständnis.«

Das letzte Mal tatsächlich selbst gespielt hatte er mit vierzehn. Ab da verziehen es die Neuseeländer einem, wenn man selbst nicht mehr spielte, weil es zu einer Karriere nicht reichte. Sie dachten, wer mit vierzehn aufhöre, tue es aus Enttäuschung, es nicht ganz nach oben geschafft zu haben.

Die meisten, die mit vierzehn enttäuscht aufgehört hatten, setzten später, als Erwachsene, alles darauf, dass es die eigenen Kinder schaffen würden.

Parnell hatte keine eigenen Kinder, wollte nie welche. Er hat nie aus Enttäuschung aufgehört zu spielen. Sondern aus Erleichterung.

Abends beim Zappen durch das Fernsehprogramm hatte er sich längst daran gewöhnt, Geduld aufzubringen, um zwischen den vielen Rugbyübertragungen ein Programm ohne Rugby zu finden.

Er hatte mit dem Thema Sport abgeschlossen. Vollends. Er war ein Alles-oder-gar-nichts-Mensch. Er hatte sich für gar nichts entschieden. Er hatte es sogar geschafft, seinen Beschluss philosophisch zu überhöhen.

Er war gegen das Schneller, Höher, Weiter, das den Kindern beim Sport eingetrichtert wurde. Er war dagegen, dass im Sieg des einen die Niederlage des anderen steckte. Er wusste, dass er selbst intellektuell durchaus in der Lage war, diese zusammengezimmerte Argumentation wieder auseinanderzunehmen, zu hinterfragen, bis sie in sich zusammenfiel. Aber er ließ es bleiben. Sie gefiel ihm. Er fand, sie passte zu ihm.

»Wilson? Körperlich gut, aber da fehlt noch das taktische Verständnis.«

»Hm.«

Der Taxifahrer hatte den ganzen Tag am Radio gesessen, aber nichts von einem entflohenen verdächtigen Entführer oder Mörder mitbekommen?

Wie konnte das sein?

In Auckland wäre das unmöglich, aber hier in Dunedin?

Dunedin war keine Großstadt. Einhundertzwanzigtausend Einwohner. Sollte hier tatsächlich die Polizei geschlossen dichthalten? Gab es niemanden von den Kollegen, der mit der Presse zusammenarbeitete?

Ein Tausender mehr im Monat, ein Handy für den Informationsaustausch in die Hand gedrückt, und wenn der Polizeireporter darauf anrief, dann hatte der Polizist zu quatschen, preiszugeben, was die Presse eigentlich nicht wissen durfte.

Tausend Euro monatlich für Exklusivität.

Was war da schon dabei?

Dabei kam doch niemand zu Schaden.

Parnell hatte dieses Spiel nie mitgespielt. Aber er konnte Kollegen verstehen, die es taten. Das Polizeigehalt war nicht hoch. Die Mieten stiegen. Er kannte welche, die das Geld gerne einsteckten. Mit schlechtem Gewissen zwar, aber sie taten es.

Er verpfiff sie nie. Aber er machte da nicht mit. Vielleicht, weil er keine Familie hatte. Weil er nur sich selbst durchfüttern musste. Captain Ahab noch. Und die Sucht.

Dafür reichte es.

Manche der Medienleute hassten ihn dafür, dass er nicht kooperierte, andere zollten ihm durchaus auch Respekt.

Sie machten ihren Job, er seinen. Fair enough.

Dunedin war kein Moloch wie Auckland. Aber auch keine Kleinstadt. In Auckland konnte die Polizei Dinge verheimlichen. In ganz kleinen Städten war das unmöglich. Nicht wegen der Presse. Sondern weil einfach jeder jeden kannte. Die mündliche Weitergabe vom Bäcker zum Supermarkt, vom Supermarkt zum Fischhändler, vom Fischhändler zum Polizisten, vom Polizisten zum Pfarrer, von der Kanzel an alle. Dieser Kreislauf ersetzte Internet, Radio, Fernsehen.

Dunedin war wohl genau mittendrin. Groß genug, dass nicht jeder jeden kannte.

Vielleicht aber auch klein genug, dass die Presse zwar eine Meute, aber keine korrupte Meute war.

Parnell schaute dem Taxifahrer ins Gesicht.

»Wie heißen Sie?«

»Ralph.«

»Wann machen Sie heute Feierabend?«

»Ich mache heute Spätschicht. Bis Mitternacht.«

»Heute ist Ihr Glückstag, Ralph. Ich buche Sie. Bis Mitternacht. Jede Menge Knete.«

Er wusste, dass nun alles zusammenbrechen konnte, diese Lüge, die er dem Mann offen ins Gesicht spuckte. Wenn Ralph zur Bedingung stellte, vorab bezahlt zu werden, wenn er vorab auch nur das Geld sehen wollte, dann war die Chance verstrichen.

Aber Ralph sagte nur ein Wort.

»Gut.«

Er machte den Motor an.

»Wo soll es hingehen?«

»Erst mal nirgendwohin.«

Der Taxifahrer verzog keine Miene. Wahrscheinlich rechnete er sich gerade das Geld zusammen, das er von Parnell bekommen würde.

»Erst einmal bleiben wir hier stehen. Bis auf Weiteres.

Entspann dich, Ralph. Mach das Radio an, lass uns etwas gute Musik hören.«

Parnell drehte am Radioknopf. The Rock FM. Sein Lieblingssender. Seine Lieblingsmusik.

Er lehnte sich zurück. Schon nach zwei Gitarrenakkorden erkannte er den Song. *Diddley Daddy*. Von Bo Diddley. Ein Klassiker. Er langte wieder zum Radio rüber und drehte lauter.

Er hatte beschlossen, nun nicht mehr der Gejagte zu sein. Er war nun der Jäger. Er griff nach der Zigarettenschachtel auf dem Armaturenbrett. American Spirit. Blick zum Fahrer. Ein leichtes Nicken. In der Schachtel steckte auch das Feuerzeug. Er drehte sich eine Zigarette, zündete sie an. Tiefer Zug. Wie gut das tat.

23

Es war bereits dunkel, auf dem Parkplatz vor der Polizeistation, auch in den Kaufhäusern waren die Lichter bereits ausgegangen. Nur in den Wohnungen huschten Schatten in den erleuchteten Esszimmern und Wohnzimmern umher.

Das ganz normale friedliche Leben.

Parnell erfasste eine diffuse Sehnsucht.

Er vermutete, dass es genau dieses unbeschwerte, warme Leben war, nachdem er sich sehnte.

Spießertum.

Dabei war ihm bewusst, dass dies alles nur Schein war.

Jeder dieser scheinbar glücklichen Menschen hatte seine inneren Kämpfe mit sich auszutragen.

Als in der ersten Etage der Polizeistation das letzte Licht erlosch, drückte sich Parnell tiefer in seinen Sitz. Er lugte zum Taxifahrer hinüber. Der war in der Lektüre eines verschlissenen Büchleins vertieft.

Kurz überlegte Parnell, ob er als Taxifahrer ein glücklicherer Mann geworden wäre.

Er glaubte schon.

Dann sah er den Schatten eines Mannes über den Parkplatz laufen, der Schatten hielt vor einem verbeulten, rostigen alten Ford.

Polizeiinspektor Robert Walken stieg ein, die schwachen Scheinwerferlichter des Ford leuchteten auf, leise schnurrend verließ das Auto den Parkplatz und beschleunigte auf der autoleeren Straße.

»Hinterher!«

Der Taxifahrer schreckte kurz auf, nachdem Parnell seinen Befehl etwas zu laut, zu forsch formuliert hatte. Das Büchlein fiel ihm aus den Händen. Als er es aufhob, blitzte die Schrift am Umschlag kurz im Licht der gelben Parkplatzlichter auf.

Es war die Bibel.

Das neue Testament.

Der gute Teil.

Der Teil der Verzeihung.

Der Teil der Güte.

Der Teil der Besserung.

24

Das war anders geplant. Parnell war sich sicher gewesen, dass die nächsten Stunden anders verlaufen würden. Zu sicher. Er hatte nicht daran gedacht, eine alternative Version zu durchdenken.

Er war sich sicher gewesen, sein Kollege aus dem Süden würde ihn zu dessen Haus lotsen. Er hatte die Situation hundertmal durchgespielt, überlegt, wie er dann vorgehen würde. Er würde warten. Er würde darauf hoffen, dass der Taxifahrer ihm ein zweites Mal Vertrauen schenken würde.

»Warte hier, Ralph. Ich muss nur kurz –«

Ein kurzer Fingerzeig zum Haus des Inspektors.

Ein Nicken des Fahrers.

In der Zwischenzeit durfte Walken seine Jacke abgelegt, die Waffe in einer Schublade verstaut und seine Frau geküsst haben. Auch seine Kinder.

Er würde beim Klingeln kurz hochschrecken. Die Kinder und die Frau sofort in die hinteren Zimmer des Hauses bitten. Wieder nach der Waffe greifen. Kurz vom Wohnzimmerfenster zur Tür spähen und sofort wissen, wer da klingelte.

Er würde Parnell auf der Straße stehen sehen.

Stell dich niemals direkt vor die Tür eines Mannes, der seine Familie beschützen will.

Mach dich von Weitem sichtbar. Von Weitem siehst du klein aus. Harmlos. Lass deine nackten Hände baumeln. Keine Notwehr gerechtfertigt.

Ein Polizist würde in so einer Situation niemals schießen.

Ein intelligenter Mann würde in so einer Situation spüren, dass von diesem Gegenüber keine Gefahr ausging.

Doch nun war alles anders. Der alte, verbeulte, rostige Ford auf dem mehrspurigen Highway, der vom Stadtzentrum wegführte, war in keins der Wohngebiete abgebogen, in denen sich die Einfamilienhäuser wie aus amerikanischen Sitcoms aneinanderreihten. Wohnzimmererker, Fensterfront mit Blick auf den Rasen.

Als die letzten Häuser links und rechts des Highways im Rückspiegel verschwanden, war Parnell längst klar, wohin die Reise ging.

Otago.

Die Pinguinhalbinsel.

Als die Stadt bereits weit hinter ihnen lag, auch die Schafweiden, als vorn der dichte Wald auftauchte, in dessen Dunkel die Straße verschwand, hatte Parnell den Taxifahrer gebeten, anzuhalten.

Sie konnten Walken von da an unmöglich weiter so nah folgen. Das würde sie verraten.

Ralph hielt am Straßenrand, das Auto des Inspektors verschwand im Wald, ein weiteres Auto überholte, ein schwarzer Kleinwagen, wahrscheinlich ein Farmer, der auf einer der wenigen Farmen am Rande des Naturschutzgebiets wohnte.

Parnell ließ zwei Minuten verstreichen, dann bedeutete er Ralph, langsam weiterzufahren. Nur mit Standlicht. Ohne Scheinwerfer.

»Ich werde das nicht tun.«

Mit diesen Worten hatte Parnell nicht gerechnet.

Parnell schaute dem Mann tief in die Augen. Darin war Angst zu erkennen, Angst, die an seinem Mut und seiner Entschlossenheit zerrte.

Ralphs Pupillen zitterten. Auch seine Lippen.

Kurz schaute Parnell auf die kleine verranzte Bibel, die der Mann seitlich in die Fahrertür gesteckt hatte.

Das Lesebändchen steckte zwischen zwei Seiten am Ende des Büchleins. Vielleicht inmitten der Passionsgeschichte.

Doch jetzt war keine Zeit dafür, darüber nachzudenken, was Jesus tun würde. Jetzt war es Zeit fürs Alte Testament. Auge um Auge und das ganze Zeug.

Flackernde Augen. Angst. Den Moment nutzen.

»Ich werde dir jetzt sagen, Ralph …«

Kunstpause.

»… wie du aus dieser Sache heil rauskommst. Ich werde es dir nur einmal sagen, es wird für dich nur diesen einen Weg geben.«

Wieder ein kurzer Blick auf die Bibel.

Parnell hatte sie nie gelesen. Aber die Passionsgeschichte kannte er auswendig. *Die letzte Versuchung Christi* mit Willem Dafoe gehörte zu seinen Lieblingsfilmen.

»Du fährst mich jetzt in diesen dunklen Wald hinein. Sobald wir den Ford am Waldrand stehen sehen, hältst du an, lässt mich raus, wendest und verschwindest. All das, die letzten Stunden, alles ist nie passiert.«

Wieder eine kurze Kunstpause.

»Ich werde dich nicht bezahlen, aber ich werde dich am Leben lassen.«

Er griff mit der Hand ins Innere der Jackentasche, als befände sich dort immer noch eine Waffe.

Ralph startete den Motor.

25

Die Lichter des Taxis verschwanden hinter der nächsten Waldbiegung.

Parnell taumelte. Ihm war plötzlich schwindelig. Das passierte ihm manchmal. Andere Menschen überkam Schwindel, wenn sie von der frischen Luft in einen stickigen Raum traten. Bei ihm war es umgekehrt.

Jetzt war es besonders heftig.

Er setzte sich kurz und lehnte sich an einen der Baumstämme. Er spürte die harte Rinde, er fasste mit den Händen ins feuchte Moos. Dann musste er sich übergeben.

Er wischte sich den Mund mit dem Ärmel seiner Jacke sauber, dann schaute er auf den verbeulten Ford, der in einer kleinen Kiesbucht am Straßenrand stand.

Daneben parkte ein schwarzer Nissan X-Trail. Blitzblank. Wie neu. An der Heckscheibe der Aufkleber einer Mietwagenfirma.

26

Er hatte sich wie ein Blinder durch den Wald geschlagen. Äste schlugen ihm ins Gesicht, die Wangen brannten, die Stirn schmerzte, die dunklen Stämme tauchten in der Finsternis erst kurz bevor er dagegenstieß vor ihm auf.

Endlich spürte er Sand unter den Schuhsohlen, bei jedem Schritt sog der Sand ihn in sich hinein. Wie bei einer Sanduhr.

Das Schwarz wechselte zu Dunkelblau, erste Sterne waren am wolkenlosen Himmel zu erkennen. Auch die Brandung war nun zu hören.

Er versuchte, sich zu orientieren. Ganz links, hinter den Dünen, am anderen Ende des Strandes, musste sich der Holzverschlag befinden, von dem aus die Touristengruppen die Pinguine beobachten durften.

Er entschied sich, über die Dünen nach rechts zu gehen, um an den Ort zu gelangen, wo die Dokumentarfilmer zelteten.

Nach einigen Minuten erreichte er den Platz, an dem das Zelt gestanden haben musste.

Vom Feuer war nur noch verkohltes Holz übrig. Das Zelt war weg. Eine halbvolle Weinflasche steckte noch im Sand, auch ein Hammer zum Befestigen der Heringe.

Dort wo das Zelt gestanden hatte, war der Sand plattgewalzt.

Rund um die platte Stelle erkannte Parnell mehrere Fußabdrücke.

Kurz schaute er zum Himmel, dann wieder zu Boden, da glitzerte etwas, Steine, Münzen, er bückte sich. Entweder hatte hier jemand sein Münzfach entleert oder ...

Er fasste nach den Metallteilen, sammelte sie ein, hob sie hoch und öffnete die Hand.

Darin lagen drei leere Patronenhülsen.

Ein Adrenalinstoß durchfuhr ihn.

Waren die beiden ...?

Er schaute sich um, suchte den Sand nach dunklen Stellen ab. Nach Spuren, Blutspuren.

Rund um das Feuer konnte er nichts entdecken, doch dort, wo die erste Düne in die Höhe schoss, lag etwas im Dunkeln.

Vielleicht ein Rucksack. Vielleicht einer der beiden Rucksäcke der Dokumentarfilmer, den sie vielleicht in Eile vergessen hatten.

Nein. Parnell stoppte seinen Gedanken. Er führte ihn in eine Sackgasse, sein Hirn machte kehrt, bog anders ab.

Sie mussten überrascht worden sein, während sie den Platz verlassen wollten, schoss es Parnell durch den Kopf, während er sich dem Rucksack im Dunkeln näherte.

Wie sonst war es zu erklären, dass sie das Zelt abgebaut, den Rucksack aber zurückgelassen hatten?

Kurz vor seinem Ziel merkte er, dass das, was da lag, doch kein Rucksack war.

Alle Gedankenschritte wieder löschen. Alles auf Anfang.

Er sah das weiße Bein im gelben Sand. Er sah die Zeltplane, die über das Häufchen Körper gelegt war.

Die beiden Männer oder jemand anderes hatten das Zelt genutzt, um das tote Häufchen Mensch abzudecken.

Schwarze Haare, nass und in Sand getränkt, schauten unter der Plane hervor.

Für einen kurzen Moment schloss Parnell die Augen, auch hinter den Lidern funkelten die Sterne.

Dann bückte er sich, hob die Plane hoch und schreckte zurück.

Das verunstaltete Gesicht einer jungen Frau starrte ihm entgegen.

In der Mitte der Stirn klaffte ein dunkles Loch.

Eine ihrer Wangen war aufgerissen, darunter konnte der Inspektor Knochensplitter erkennen. Die Patronen mussten noch in ihrem Hirn und in ihrer Mundhöhle stecken.

Er wischte ihre Haare vom Hals. Die dritte Kugel steckte zwischen den Schlüsselbeinen.

Zorn stieg in ihm auf und Parnell spürte, wie sich in seinen Augenwinkeln Tränen sammelten. Gleichzeitig fühlte er sich aber auch erleichtert. Ein Gefühl, das er sich im Angesicht des toten Mädchens nicht zugestand, das ihn aber mit aller Kraft übermannte.

Wenn sie erschossen worden war, war er wohl kaum der Mörder.

Womöglich war sie erst in den vergangenen Stunden getötet worden. Und wenn nicht, selbst wenn der Mord tatsächlich in seiner Blackout-Nacht geschehen war, war es unwahrscheinlich, dass er es gewesen war. Woher hätte er in jener Nacht eine Pistole haben sollen?

Tränen liefen ihm übers Gesicht. Er fiel heulend auf die Knie und legte sein Gesicht in die Arme. Er wippte vor und zurück.

Als er hinter sich eine Stimme hörte, fuhr er erschrocken zusammen.

»Ganz vorsichtig, Inspektor Parnell. Ganz, ganz vorsichtig aufstehen.«

Er hatte die Stimme sofort erkannt. Sie gehörte Robert Walken.

Sie klang kalt, sie passte zum kalten Eisen, das Parnell nun an seiner Schläfe spürte.

27

Wenn ich jetzt sterbe, dann sterbe ich als unschuldiger Mann.

Der Welt mochte das anders vermittelt werden. Die Zeitungen würden sein Bild als das Foto eines Mörders abdrucken. Aber darum ging es ihm nicht. Darum war es ihm noch nie gegangen.

Wieder einmal spürte Parnell, wie wenig er in manchen Momenten am Leben hing.

Trotzdem wollte er eines nicht. Als Opfer sterben. Und nicht unwissend.

Wovon wusste der Mann hinter ihm? Von noch viel mehr, als er ihm auf der Polizeistation erzählt hatte? Wusste er von den Ritzereien am Holzverschlag am anderen Ende des Strandes? *Parnell war hier.*

»Glauben Sie, dass ich der Mörder bin, Walken, glauben Sie das wirklich?« Parnell versuchte ruhig zu atmen.

Stille, zwei Sekunden, drei.

Er hatte das Gefühl, als würde das Eisen an seinem Hinterkopf noch einige Grad kälter.

»Ich weiß es nicht mit letzter Sicherheit, Parnell.«

Schweigen.

»Ich glaube aber, dass Sie zumindest viel mehr wissen, als Sie zugeben. Dass Sie der Mörder sind – möglich. Dass Sie den Mörder kennen – auch möglich.«

Die Antwort überraschte Parnell. Die Offenheit. Er wusste, wie er nun wiederum den Mann überraschen konnte, dessen Zeigefinger sich um den Abzug der Pistole krümmte.

»Ich glaube auch nicht, dass Sie der Mörder sind, Walken ...«

Nun ließ Parnell die Worte ein paar Sekunden wirken. Er konnte Walken nicht sehen, aber er war sich sicher, dass dieser gerade zur Leiche unter der Zeltplane blickte.

»... aber auch ich bin mir sicher, dass Sie mehr wissen, als Sie mir sagen. Warum steht bis heute nichts von dem verschwundenen Mädchen in der Zeitung, von der Toten, die da drüben im Schatten der Düne liegt? Hm? Kein Fernsehbericht? Keine Radiosondersendung? Keine öffentliche, über die Medien in Umlauf gebrachte Fahndung? Nach der Vermissten? Nach Frank Parnell, Inspektor aus Auckland, des Mordes verdächtigt, der aus der Polizeistation fliehen konnte, hm?«

Wieder herrschte für einen Augenblick Schweigen.

Jetzt musste er alles riskieren.

»Sagen Sie mir, Inspektor, bevor Sie abdrücken: Wie tief stecken Sie in der Sache drin? Oder Ihr Kollege? Ihre Kollegen? Hm? Ist es einer Ihrer Leute? Der Muskelprotz? Oder deckt er den Mörder? Decken Sie ihn? Warum hat mich ein Polizist im Anchor Heart mit seinen Kumpels zusammengeschlagen?«

Nun ratterte es im Hirn des Mannes hinter ihm. Wenn das Hirn rattert, ist der Finger am Abzug für den Bruchteil einer Sekunde abgelenkt.

Aber ob das an diesem Tag erneut klappen konnte? Walken war gewarnt. Das Risiko war hoch. Das Leben der Preis.

Parnell drehte sich um, hob kurz die rechte Hand, schlug dann mit einem linken Haken zu. Das hatte er beim Boxen gelernt, das allerdings lange zurücklag. Zu lange.

Er spürte den Kinnknochen des Mannes an seinen dünnen Fingern, die eigenen Fingerknochen schmerzten, sie waren am Kinn abgeprallt, der Kopf des Mannes verschob sich nur leicht, er fiel nicht, er wankte nicht einmal, er packte Parnells Arm mit der Linken, drehte ihn geschickt auf den Rücken, die Schulter schmerzte, nur noch wenige Zentimeter, dann würde sie knacksend brechen.

Parnell öffnete den Mund, doch es kam nur ein erstickter Schrei. Er spürte, wie der Schmerz durch seinen Körper raste, darin zustach wie eine Nähmaschine.

Es musste auf dem Schulhof gewesen sein, als er das letzte Mal bei einer Prügelei gegen einen älteren Schüler derart dilettantisch verloren hatte.

Damals waren die Älteren die Stärkeren, mit steigendem Alter wurden sie die Schwächeren – nicht aber dieser Inspektor.

Wieder spürte Parnell das kalte Eisen am Hinterkopf.

»Drück ab«, sagte er. »Drück einfach ab. Verdammt, ich habe keine Lust mehr auf diese Scheiße.«

Er wartete auf den Schuss. Das Sterben. Oder zumindest die Stimme des Inspektors.

Die Frauenstimme überraschte ihn.

Er erkannte sie sofort.

Alle Anspannung fiel plötzlich von ihm ab.

Er wusste, sein plötzliches Gefühl trog, aber es war ihm, als würde nun alles gut werden.

»Das würde ich nicht tun. Lassen Sie die Kanone fallen. Oder *ich* schieße.«

Die Frauenstimme klang sanft und zart und doch bestimmt.

Haromi. Haromi. Gott sei Dank.

28

»Warst du das im schwarzen Wagen?«

Sie nickte.

»Wie bist du ...?«

»Ich habe deine Nachricht erhalten. Deine Stimme ... sie war nicht wie sonst. Da war Angst. Keine weitere Nachricht kam. Ich habe versucht, dich zurückzurufen. Dein Handy war aus. Ich habe versucht, herauszufinden, wo du bist.«

»Wie, wie ...?«

»Ich bin zu ihr gefahren.«

»Verdammt, Haromi.«

»Sie hat es mir gesagt.«

Parnell verspürte einen Stich in der Magengegend. Nachdem er nun seit Tagen nicht wusste, ob er der Mörder eines jungen Mädchens war oder nicht, war Sister Gold vollständig aus seinen Gedanken verschwunden. Möglicher Mörder sein hatte auch sein Gutes.

Kurz kam nun alles wieder hoch. Die Erinnerung an die ungebändigte Liebe, der Schmerz der plötzlich eintretenden Kälte. Das hilflose Gefühl der emotionalen Abhängigkeit.

Er kniff die Augen fest zusammen. Versuchte, die Gedanken wieder wegzuwischen. Sich auf das Hier und Jetzt zu konzentrieren.

Er öffnete die Augen wieder. Haromi saß neben ihm im Schneidersitz.

Hinter dem toten Mädchen saß Robert Walken. Er starrte in den Sand. Sie hatten ihm die Hände mit einem Stück abgerissener Zeltplane auf den Rücken gebunden.

Parnell hätte nun alles hinschmeißen können. Dunedin hinter sich lassen. Mit Haromi ins Auto steigen, den nächsten Flug zurück nach Auckland nehmen. Nie wieder zurückkehren.

Doch das wäre nicht die Lösung. Er wusste, dass der Tod des Mädchens ihn verfolgen würde.

Er starrte weiter auf Walken. Er musste etwas unternehmen, um diesen Mann für sich zu gewinnen. Nur so konnte er einen Schritt weiterkommen.

»Walken, sprechen Sie. Was wissen Sie?«

Der Mann antwortete schnell. Er blickte dabei nicht auf. Parnell hörte die Erleichterung in seiner Stimme, während er sprach.

»Ich weiß nicht, was Sie mit der Sache zu tun haben, ob Sie der Mörder sind. Oder ein Schnüffler, aber ich musste versuchen, Sie beiseitezuräumen.«

»Warum, Walken, warum?«

Nun sprach der Mann so leise, als hegte er den Verdacht, belauscht zu werden.

»Dieses Mädchen ist nicht irgendeine Touristin.«

Parnell dachte an die Worte des Abenteueranbieters gegenüber der Black-Penguin-Herberge: Sie habe ihr Geld hervorgeholt, viel Geld, bar gezahlt, und das völlig unbekümmert.

»Sie ist die Tochter eines reichen Mannes. Eines sehr reichen Mannes. Anton Kent Jr.«

Parnell schüttelte den Kopf. Er hatte den Namen noch nie gehört.

Walken nickte, als hätte er mit dieser Reaktion bereits gerechnet.

»Kent Jr. ist ein australischer Milliardär. Er hat vor über vierzig Jahren das Pelzunternehmen seines Vaters geerbt. Er lebt sehr zurückgezogen, öffentlichkeitsscheu. Er hatte als junger Mann früh erkannt, dass mit Pelzen kein Geld mehr zu machen war. Er baute das Unternehmen sukzessive um, stieg als stiller Teilhaber in Radiosender ein, förderte Start-ups. Das meiste Geld aber steckte er in das Angebot exklusiver Abenteuerurlaube. Erlebnisse, die sich nicht jedermann leisten kann. Erlebnisse, Eindrücke, Erinnerungen, die der breiten Masse verwehrt bleiben. Überlebensurlaub im Dschungel. Trips um die Welt im U-Boot. Segeltörns mit Dreimaster ohne technische Hilfsmittel. Urlaub am Südpol. Ballonfahrten. Campen an Stränden, die sonst von keinem Menschen betreten werden. Drei Tage mit Grizzlybären in Kanada. Mit dem Kanu über die Beringstraße. Spirituelle Trips zu vom Aussterben bedrohten Amazonasstämmen.«

Ein international agierender Geschäftsmann, der reichen Menschen für Träume Millionen aus den Taschen zog, sinnierte Parnell. Kent interessierte ihn nicht. Solche Menschen interessierten ihn nicht.

Solange ihre Töchter nicht ermordet wurden und er durch unglückliche Umstände in diese Morde verwickelt wurde. Als Mordverdächtiger.

»Was wissen Sie von ihr?«

Walken blickte abwechselnd von Parnell zu Haromi. Sein Gesicht war finster. Seine Lippen wurden schmal. Parnell spürte, dass der Mann mit sich rang.

Walken atmete tief aus.

»Alles, was ich Ihnen jetzt sage, dürfte ich niemals ...«

Parnell unterbrach ihn schnell.

»Wir sind auch Polizisten. Wir könnten ein Team sein. Wir können Ihnen helfen.«

Walkens Augen formten sich zu schmalen Schlitzen.

Parnell beeilte sich, seine Vermutungen vorzubringen.

»Das Mädchen ist entführt worden?«

Keine Reaktion.

»Kent will nicht, dass Sie ermitteln?«

Immer noch nichts.

»Irgendwie haben Sie trotzdem von ihrem Verschwinden erfahren.«

Ein leichtes Nicken. Erschrocken hielt Walken inne. Als wäre ihm die stille Zustimmung aus Versehen passiert.

»Sie haben die Ermittlungen trotzdem eingeleitet ... weil Sie es als Ihre Pflicht ansahen ...«

Walken ließ sich abermals bitten.

»Weil Sie überzeugt waren, dass Sie das Mädchen finden würden ... lebendig finden ...«

»Ja, ja.«

Es war aus Walken herausgebrochen. Wie das Wasser eines gebrochenen Staudamms suchten sich nun seine Worte ihren Weg.

»Wir haben ermittelt, ohne Kents Wissen. Was sollten wir tun? Still sitzen? Ich habe nur wenige, ganz enge Vertraute eingeweiht. Ich habe meinen besten Mann darauf angesetzt, Alexander Pilz ...«

Parnell fuhr dazwischen.

»Ich wusste nicht, dass Sie hier unten solche Schläger unter den Polizisten haben. Und dass Sie diese als Ihre besten Männer bezeichnen.«

Er schaute anklagend.

Walken schaute verwundert zurück.

»Sie wurden bei der Festnahme vor dem Black Penguin geschlagen? Selbst schuld, Parnell, was wehren Sie sich auch ...«

Walken zog eine Augenbraue hoch.

»Verarschen Sie mich nicht, Walken.«

»Verarschen, warum?«

In der Stimme lag ein Ton der Ehrlichkeit. Er wirkte aufrichtig.

Parnell war plötzlich verunsichert, ob tatsächlich Pilz oder ein anderer von Walkens eingeweihten Kollegen der Mann war, der ihn im Anchor Heart mit ein paar Männern zusammengeschlagen hatte. Er beschloss, die Beobachtung, die er vor seiner Bewusstlosigkeit gemacht hatte, für sich zu behalten.

»Egal. Ich bin ihn bei der Verhaftung rough angegangen, er mich ebenso. Fair enough. Vergessen.«

»Wir sind hier im rauen Süden, Parnell. Hier schlagen Männer noch zu, wenn es gilt, zuzuschlagen.«

»Ihr dachtet, ich bin ...«

»Ich dachte nicht, Parnell. Ich weiß immer noch nicht, wer Sie sind, welche Rolle Sie spielen. Sie sind Inspektor, ja. Aber was sind Sie noch? Entführer? Mörder ...«

Er zeigte auf die Leiche des Mädchens.

»Oder Sie spielen ein doppeltes Spiel. Sind Sie einer von Kents Männern? Einer seiner Schnüffler? Verdienen Sie sich damit ein wenig Geld dazu, hm?«

»Das Gleiche könnte ich Sie auch fragen, Walken.«

Walken tat, als hätte er Parnells Einschub überhört.

»Wir haben keine Ahnung, wie viele Männer Kent auf die Entführer seiner Tochter angesetzt hat. Wir wissen nur ... dass sie brutal vorgehen. Sie schrecken vor nichts zurück, wenn es darauf ankommt, die Kleine ...«

Wieder der Blick zur Leiche.

»... zurückzuholen ... oder ... oder ...«

»Ihren Mord zu rächen.«

»Auge um Auge …«, fuhr Walken fort.

»Warum sind Sie sich dessen so sicher? Woher wissen Sie das?«

Walken schaute zu Boden. Lange. Zu lange, um es als bedeutungslose Geste zu interpretieren. Sein Gesicht lag im Dunkeln. Parnell sah seine Augen nicht. Er begann sein Hemd langsam aufzuknöpfen, schlug die offenen Seiten zur Seite und drehte sich so, dass der Mond auf seine nackte Haut schien.

Die ganze Brust und der Bauch waren mit Flecken übersät.

Das waren Blutergüsse von Schlägen. Parnell kannte sie genau, er hatte schon viele Hiebe einstecken müssen in seiner Karriere. So viele, dass er von der Farbe her ungefähr einschätzen konnte, wie alt die Blessuren waren. Mehr als ein paar Tage.

Er hob eine Augenbraue.

Walken sprach weiter.

»Sie haben mich morgens erwischt. Beim täglichen Joggen im Wald.«

Parnell unterbrach seinen Kollegen. Er spürte, wie die Wut in ihm brodelte.

»Sie laufen jeden Tag dieselbe Strecke, Sie als Inspektor? Wie können Sie nur so leichtsinnig sein?«

Wieder blickte der Mann zu Boden, er flüsterte.

»Wir sind hier nicht in Auckland, Parnell. Nicht in Sydney oder L. A. Dunedin ist ein friedliches Städtchen. Ein bisschen Kleinkriminalität. Kneipenschlägereien, ab und an eine Beziehungstat. Ich bin nun zwanzig Jahre im Dienst, noch nie hat es jemand gewagt, mich oder einen meiner Kollegen anzugreifen.«

»Sie haben den Vorfall gemeldet?«

Walken schüttelte den Kopf.

»Kent und unser Polizeipräsident, William Heller …«

Walken musste nicht weitersprechen. Parnell wusste, was folgen würde. Er hatte selbst seine Erfahrungen mit Polizeichefs gemacht. Es gab Chefs, die standen auf der Seite ihrer Polizisten, und es gab Chefs, die schwebten längst in anderen Sphären, verstrickt in einer Welt aus Korruption. Freundschaftsdiensten, Umgarnungen, Versprechungen, aus denen sie sich wie eine Fliege in einem Spinnennetz nicht mehr befreien konnten.

»Unser Präsident hat uns die Ermittlungen untersagt. Das Thema existiert für ihn einfach nicht. Er weiß nichts davon, dass wir hinter Ihnen her waren. In den offiziellen Berichten sind Sie nur ein Störenfried, der in einer Bar rebelliert und in mehreren Backpacker-Herbergen die Kassen ausgeräumt haben soll.«

Parnell nickte. Jetzt verstand er. Er war offiziell nicht als Mordverdächtiger festgenommen und geladen worden. Er war nicht als Mörder aus der Polizeistation geflohen, sondern als Kleinkrimineller, der nicht weit kommen würde.

Er schaute zu Haromi. Sie starrte in den Nachthimmel. Er wusste, auch sie hatte verstanden.

»Hier, wo wir jetzt sitzen, hatten gestern noch zwei … angebliche … Dokumentarfilmer …«

»Wir haben sie geschnappt …«

»Sie sitzen in Untersuchungshaft?«

Walken zögerte kurz.

»So ... nun ... so ähnlich.«

Wieder das Zögern.

»Wir vermuten, dass sie mit der Sache zu tun haben. Vielleicht sind sie die Mörder. Vielleicht haben die Dokumentarfilmer aber auch Beweise dafür, dass Sie ...«

Er schaute Parnell tief in die Augen.

»... der Mörder sind. Vielleicht sind die beiden Ihre Opfer.«

Nun nickte er in Richtung Parnell.

»Die Opfer, denen Sie den Mord in die Schuhe schieben wollten. Alexander hat sie in den vergangenen Stunden in die Mangel genommen.«

Parnell schüttelte ungläubig den Kopf. »Das ist alles abstrus. Sie haben sich da ein völlig falsches Bild zusammengereimt.«

Er stockte. Sah das unveränderte Gesicht des Mannes.

Wo?«, fragte er schließlich. »Wo hat Ihr Kollege die beiden in die Mangel genommen?«

Schweigen.

»Wie hat er sie in die Mangel genommen?«

Schweigen.

»Wir haben die Kamera der beiden gesichert. Alexander schaut die Filme durch. Vielleicht ist darauf etwas zu finden.«

Parnell nickte zustimmend. Das wäre seine nächste Frage gewesen.

»Ich muss die Videos auch sehen. Vier, acht Augen sehen mehr als zwei.«

»Parnell, ich denke, es ist besser ...«

Er brachte den Satz nicht zu Ende.

Haromi bedeutete ihm mit der Pistole, nicht weiterzureden. Das war eindeutig.

Walken nickte resigniert.

»Was machen wir mit ihr?«

Er deutete mit seinem Kinn in Richtung Leiche.

»Wir müssen ihrem Vater Bescheid geben. Er mag ein Arschloch sein, vielleicht ein Verbrecher, aber es ist seine Tochter ...«

Haromis Stimme klang flehend. Wahrscheinlich wusste sie, dass die beiden Männer anderer Meinung waren.

»Das können wir nicht tun.«

Walkens Stimme klang bestimmt. Dafür, dass eine Knarre auf ihn gerichtet war, sehr bestimmt.

»Wir lassen sie hier liegen. Wir sind nie hier gewesen.«

Parnell stand auf. Er schaute auf das tote Mädchen.

»Wir werden sie nicht hier liegen lassen.«

Aus dem Augenwinkel sah er Haromis überraschtes, hoffnungsvolles Gesicht. Er erstickte ihre Hoffnung im Keim.

»Ich stecke zu tief drin. Wir stecken zu tief drin. Wir haben die rote Linie zu weit überschritten. Wir sind längst Figuren, die zum Fall gehören. Die nicht wie Ermittler von außen darauf schauen. Nun ist alles zu spät. Nun ist alles egal. Nun werden wir den unorthodoxen Weg weitergehen. Weitergehen müssen. Es gibt kein Zurück. Es gibt nur ein Weiter bis zum Ende.«

Er bückte sich, griff in den Sand und ließ ihn durch die Finger rieseln, der Wind trieb die Körner in Richtung Düne, in Richtung Wasser.

»Wir werden sie begraben. Jetzt, hier.«

Walken nickte.

»Wir können sie nicht liegen lassen. Wenn wir sie liegen lassen, kommen die Tiere. Die Possums. Ja, begraben wir sie.«

Haromi sprang auf, sie ging zwei Schritte auf Parnell zu. Fasste ihn an der Jacke.

»Nein, Frank.«

Er nahm ihren Unterarm, er drückte fest, er wollte ihr damit zu verstehen geben, dass er es ernst meinte.

Ihr Gesicht zitterte.

»Keine Widerrede. Ich bin dein Vorgesetzter, Haromi. Das ist ein Befehl. Dich werde ich aus der Sache raushalten. Du bist nie hier gewesen. Du wirst zurück zum Flughafen fahren. Du wirst nach Hause fliegen. Nach Auckland. Du darfst hier nicht reingezogen werden. Das werde ich nicht zulassen.«

Er sah Wut in ihren Augen.

»Frank.«

Er schüttelte den Kopf.

»Frank, das kann ich nicht. Diesen Befehl akzeptiere ich nicht. Wir sind nicht im Dienst, Frank, schon lange nicht mehr. Wären wir im Dienst, müsstest du dich selbst anzeigen. Ich müsste dich anzeigen. Ich bin mitwissend, auch ich habe die Linie schon längst überschritten. Ich bleibe hier, das kannst du nicht verhindern, dafür müsstest du mich …«

Er gab ihr mit der Hand einen sanften Schlag auf die Wange; er hätte sie nie schlagen können, er hätte ihr nie wehtun können, richtig weh. Er spürte Tränen aufsteigen. Er kämpfte dagegen an. Er wollte sie nicht spüren.

Walken rührte sich nicht.

29

Der Wind hatte sich gelegt, als sie das tote Mädchen in die Grube legten. Dann formten sie ihre Hände zu kleinen Schaufeln und warfen den Sand zurück in das Loch.

Die Nacht war still. Der Mond war hinter dunklen Wolken verschwunden. Die Nachtvögel gaben keinen Laut mehr von sich.

Parnell und Haromi hoben Walken an beiden Armen hoch. Sie standen nahe beieinander. Haromi drehte eine Zigarette, entzündete sie und reichte sie herum. Parnell ließ Walken einen Zug nehmen. Ihre Münder sogen den Rauch gierig ein und stießen ihn erleichtert wieder aus.

Haromi sprach ein kurzes Gebet in die Stille, nur von fern war das Rauschen der Wellen zu hören.

30

Manchmal reicht ein Blick und alles ist klar. Manchmal reichen tausend Blicke nicht.

Dieser Mann war wie eine Mauer. Stumm. Unbeweglich. Nicht zu durchdringen.

Doch er hatte keine Chance gehabt. Sein Chef hatte ihn von der Straße aus angerufen. Er hatte gesagt: Pilz, mach genau das, was ich dir sage. Sonst stirbt meine Familie.

Parnell konnte diesem Mann nicht vertrauen. Er würde

ihm auch nicht vertrauen können, selbst wenn er ihn nicht mehr für den Mörder halten würde. Bei Walken war das anders.

Wer war dieser Alexander Pilz? Hatte er ihn geschlagen? War es ein anderer Polizist gewesen? Wer? Diese Fragen brannten Parnell auf den Lippen.

Die Schmerzen, die ihm im Anchor Heart zugefügt worden waren, spielten keine Rolle. Ihn interessierte nur das Warum.

Alexander Pilz fuhr einen seiner muskulösen Arme aus. Eine beruhigende Bewegung.

Die bedeutet: Habt keine Angst. Ich werde nichts tun. Das verspreche ich.

Spielte dieser Pilz ein falsches Spiel? Ohne dass sein Chef davon wusste? Vielleicht kassierte ja er ein zweites Gehalt.

Von Kent.

Oder von den Entführern, den Mördern.

Noch würde Parnell das nicht herausfinden. Noch galt es, dieses Spiel jetzt mitzuspielen.

Er schaute auf die Uhr. Es war nun zwei Uhr morgens.

Er schaute instinktiv zum Kühlschrank. Er wusste, was er in seinem Kühlschrank zu Hause in Auckland finden würde. Gemüse, das er manchmal als Alibi kaufte und das jetzt vor sich hin schimmelte. Dosenravioli. Wurstpastete.

Normalerweise hätte er sich nun eine Flasche Whiskey neben den Schreibtisch gestellt und Schluck für Schluck geleert, während er sich ein Video nach dem anderen anschaute. Bis er den verdammten Hinweis gefunden hätte. Dann hätte er den verdammten Hinweis notiert, mit Minutenangabe, den Rest der Flasche ausgetrunken, und er wäre am Schreibtisch eingeschlafen.

Haromi fesselte Pilz mit einem Klebeband, das sie in der Küche gefunden hatte. Er wehrte sich nicht. Wie ein sattes Raubtier ließ er alles über sich ergehen. Er grinste noch nicht einmal überheblich.

Parnell schaute sich um. Die Wohnung war karg eingerichtet. Der Mann lebte allein, ganz sicher. So etwas sah Parnell sofort. Dafür hatte er in seiner Karriere als Polizist genug Wohnungen gesehen. Er erkannte meist auf den ersten Blick, ob in einer Wohnung eine glückliche Familie lebte.

Frische Blumen.

Ob es mehr Schein als Sein war.

Staub auf den Bilderrahmen.

Er erkannte, welchen Süchten sich die Bewohner hingaben.

Whiskey. Verklebter Tisch. Sportsucht. Hanteln und Rad in der Ecke, so wie hier in der Wohnung dieses muskelbepackten Polizisten.

Auf dem Fernsehtischchen im Wohnzimmer lagen einige Speicherkarten. Daneben lag aufgeklappt ein Notebook.

Der Fernseher war groß. Parnell wusste gar nicht, dass es so große Fernseher gab. Er selbst besaß nur ein altes Röhrenteil, das einen leichten Gelbstich hatte.

»Lasst uns keine Zeit verlieren«, sagte er in die Runde und nahm wahllos eine der drei Speicherkarten in die Hand. »Das wird Stunden dauern.«

Stunden, die kostbar waren. Aber was blieb ihnen anderes übrig? Würden sie offiziell ermitteln, hätten sie sich irgendwelche Polizisten geschnappt und sie dazu verdonnert, die Videos anzuschauen. Aber so? Parnell schielte noch einmal zum Kühlschrank. Und wenn es nur ein Bier wäre, das darin schlummerte. Es würde ihm die nächsten Stunden versüßen. Schon versuchte seine Sucht, ihn wieder zu überlisten, in jedem Moment der Schwäche lauerte sie um die Ecke.

Sie flüsterte ihm verlockende Worte ins Ohr. Er könne doch einfach in Zukunft nur noch Bier trinken. Bier würde einem ehemaligen Whiskey-Trinker wie ihm doch nichts anhaben. Von Bier bekam einer wie er doch keinen Blackout.

Er erhob sich, ging die paar Schritte zum Kühlschrank, öffnete ihn. Er spürte, wie ein Lächeln sein Gesicht überzog. Der Kühlschrank war gefüllt mit Energy-Drinks.

Er griff nach einer Dose. Drehte sich zu Haromi um. Hielt sie ihr hin.

Sie verzog das Gesicht.

Dann ging er zum Tisch, die Videokamera war über ein Kabel an den Fernseher angeschlossen, eine Speicherkarte befand sich darin. Parnell suchte nach dem richtigen Knopf. Nachdem er auf ein paar falsche Tasten gedrückt hatte, sprang das Display an, der Timer lief.

00.01. 00.02. 00.03

Der Fernsehbildschirm erhellte sich. Man sah etwas Gras im Vordergrund, einen dünnen Sandstreifen. Es musste der Gipfel einer der vordersten Dünen sein. Dahinter erstreckte sich der flache Strand bis zur Brandung. Sie toste.

Beinahe erschien es Parnell wie ein Standbild. Nur bei genauem Hinsehen bemerkte er, dass der Wind das lange Gras bewegte. Dass die Wellen sich bewegten.

Die Dokumentarfilmer mussten mit dieser Kamera die Rückkehr der Pinguine gefilmt haben, um dann im Final Cut das Ereignis im Schnelldurchlauf wirken zu lassen. Die Wolken, die rasend über den gelben Sand wanderten. Der Himmel, der Horizont, der sich farblich veränderte. Von blau zu grau. Die untergehende Sonne kam ins Bild, sie färbte sich rot, lila, sie versank. Die Pinguine watschelten an Land.

»Wir müssen uns nicht mehr alles anschauen.«

Pilz' Stimme klang wie eine Erlösung.

»Ich habe das bereits getan.«

Kurze Pause.

»Mit etwas erhöhter Geschwindigkeit. Die Pinguine gehen ins Wasser, dann rührt sich am Strand stundenlang nichts, dann kommen sie wieder.«

Parnell atmete tief aus. Er schaute dem Mann ins Gesicht. Es war regungslos. Die ganze Zeit schon. Er wünschte, er könnte ihm trauen. Ihm einfach glauben, um nicht Stunden damit verbringen zu müssen, sich das Material anzuschauen.

»Aber eine Sache ist mir aufgefallen.«

Parnell schaute auf.

»Ich habe die Videos abgespielt. Eines nach dem anderen. Von Video zu Video verändert sich das Licht. Es wird dunkler. Zunehmend und gleichmäßig. Doch von Video sieben auf Video acht gab es einen Sprung. Es war von dem einen zum anderen Video plötzlich viel, viel dunkler, viel zu dunkel.«

Er machte eine Pause. Alle im Raum verstanden, was er sagen wollte, noch bevor er es aussprach.

»Das kann nur bedeuten, dass eine Speicherkarte fehlt.«

»Vielleicht ist sie auf dem Weg hierher verloren gegangen.«

Pilz schüttelte den Kopf,

Parnell sah ein dämonenhaftes Feuer im Blick des Mannes. Einen furchterregenden Blick.

»Nein.«

Mehr sagte Pilz nicht.

Er erhob sich vom Sofa, was man mit auf dem Rücken gefesselten Händen nur schaffte, wenn die Bauchmuskulatur mitspielte. Er machte zwei Schritte in die Mitte des Raums.

Ein vorsichtiger Blick zu Parnell.

Der nickte.

Der Mann verließ den Raum.

Die anderen folgten ihm.

Er ging in die Küche. In einer der Ecken der Küche kniete er sich nieder. Er drückte mit dem Kopf gegen eine Fliese. Sie gab nach, fiel in das dunkle, leere Loch, das sich darunter offenbarte.

Parnell musste schmunzeln. Billiges Jugendversteck. Er hatte in seinem Kinderzimmer ein ähnliches Versteck gehabt. Ein Türrahmen aus Holz, der sich nach oben schieben ließ. Dahinter ein Hohlraum. Darin versteckte Pornohefte und blutrünstige amerikanische Comics.

Kurz durchfuhr ihn ein Schauder. Er hatte ein Déjà-vu. In Gedanken wanderte er durch die Wohnung seiner Kindheit. All die Jahre hatte er versucht, diese Bilder zu verdrängen. Die Räume, den Geruch.

Es war ihm nie gelungen. Es war immer zu stark gewesen.

Die Erinnerung schmerzte so sehr, mehr noch als die körperlichen Schmerzen von damals.

Mit den Jahren, je älter er wurde, wurde der Schmerz immer unerträglicher. Die Hilflosigkeit. Der Hass und die Liebe, die er spürte und die seiner Mutter galten.

Es waren nicht die Schmerzen, die ihn heute noch oft schweißgebadet aufwachen ließen. Es war nicht das harte Holz, das seinen Bauch, seine Unterarme, seinen Kopf mit aller Wucht traf, es war nicht ihr alkoholgetränkter Atem, der ihm fast die Luft nahm.

Es waren nicht ihre Berührungen, die ihn erstarren ließen. Die zärtlichen Berührungen, die so falsch wirkten, falsch waren.

Es war der Moment davor. Der Moment, wenn er im Dunkel des Flures stand. Wissend, was nun kommen würde. Wenn er ins Wohnzimmer blickte und die Schatten und das leise Murmeln des Fernsehers zu ihm drangen.

Und ihre Stimme. Nicht laut, aber fordernd. Dass er doch kommen solle. Dass er sie doch etwas liebhaben solle.

Parnell führte die Hand ins dunkle Loch unter der Küchenfliese. Er zog eine weitere kleine Speicherkarte hervor.

Die Bilder der Vergangenheit verschwanden im Nebel von Parnells Hirn. Noch vor Jahren hatte die Erinnerung ihn stets an den Rand der Ohnmacht gebracht, heute schmerzte sie ihn mehr als jemals zuvor, doch er schwankte nicht mehr, fiel nicht mehr, musste nicht von Umstehenden mit Wasser und frischer Luft aus der Ohnmacht geholt werden.

Sie gingen zurück ins Wohnzimmer. Parnell schob die Speicherkarte in die Videokamera und drückte auf Play.

Sie starrten auf den Bildschirm.

31

Gras im Vordergrund. Ein dünner Sandstreifen. Der Gipfel der vordersten Düne. Dahinter flacher Sand. Bis zur Brandung. Sie toste. Möwen kreischten. Flogen ins Bild, flogen wieder raus. Grauschwarze Wolken bedeckten den Himmel. Die Wellen spuckten ein paar schwarze Punkte aus, drei, vier, die Punkte bewegten sich in Richtung Kamera, sie wurden größer, Pinguinkörper wurden erkennbar. Es musste abends sein. Sie watschelten in die Dünen, zu ihren Nistplätzen.

Zuerst konnte Parnell die Schreie nicht zuordnen. Es hätte auch das Schreien des Windes, das Piepsen der Pinguine, das Kreischen der Möwen sein können.

Aber es war das Schreien eines Menschen.

Zuerst konnte Parnell den einen, größeren schwarzen Punkt nicht zuordnen. Es hätte einfach auch ein weiterer Pinguin sein können.

Doch der Punkt war viel zu schnell. Er zog den Strand entlang, dann bog er zu den Dünen ab. Er wurde größer, er wurde nicht zu einem Pinguin, er wurde zu etwas anderem. Er formte sich zu den Konturen eines Mädchens.

Es kam der Kamera näher und näher, dunkle Haare hingen ihm ins Gesicht, sodass nicht viel zu erkennen war.

Das Mädchen lief barfuß, trug ein zerrissenes, hellgraues Shirt. Ihre nackten Beine waren voller Blut. Blutflecken auch auf dem Shirt.

Es bestand kein Zweifel. Es handelte sich um das tote Mädchen vom Strand.

32

»Wo sind die beiden?«

Pilz schaute an Parnell vorbei und blickte zu seinem Vorgesetzten. Er deutete mit dem Kopf hinter sich.

Parnell und Haromi hoben gleichzeitig den Kopf. Hinter Pilz eröffnete ein breites Wohnzimmerfenster den Blick in einen Garten.

Wild wachsende Hecken überwucherten einen morschen Holzzaun. Die Wiese war ungemäht. Unkraut, Hortensien und Silberfarn hatten sich ins Gras gekämpft. Tannen reckten sich in die Höhe. Ihre Stämme waren von Schimmel befallen. In ihren Zweigen spannten sich Spinnweben.

Im hintersten Eck des Gartens stand ein heruntergekommener Schuppen. Dunkles Holz. Blechdach. An der Seite stapelten sich Brennscheite. Eine Harke, ein Rechen.

Das Blechtor war mit einer Eisenkette und einem dicken goldenen Schloss versehen.

33

Warme, stickige Luft drang aus dem Inneren des Schuppens. Es stank nach Benzin, altem, verrottetem Gras und Blättern. Der Staub kitzelte Parnell in der Nase. Das Holz ächzte.

Parnell blinzelte. Er kniff die Augen zu Schlitzen zusammen. Langsam ließen sich Konturen im Dunkeln erkennen. Mit Staub überzogene Schränke. Eine Drechselbank. Eine Säge darauf. Verstreute Nägel. Holzstücke.

In einer Ecke stand eine Motocross-Maschine. Weiß und waldgrün gestreift.

Der Boden war voller dunkler Ölflecken.

Oder Blut?

In der Mitte des Bodens lag ein Teppich. Er passte nicht in den Schuppen. Er war viel zu sauber, viel zu neu. Er leuchtete hellblau.

Parnell stand hinter den beiden gefesselten Beamten und hielt sie mit ihren eigenen Waffen in Schach.

Haromi hatte sich vor das Motorrad gestellt und überblickte so den ganzen Raum.

»Wo?«

Mehr musste Parnell nicht sagen.

Alexander Pilz ging zwei Schritte vorwärts, dann schob er mit dem Stiefel den leuchtenden, sauberen Teppich beiseite.

Darunter war eine Eisenplatte in den Steinboden eingelassen.

Parnell schaute zu Pilz.

Der deutete mit dem Kinn seitlich zu seiner linken Hosentasche.

Parnell gab Haromi ein Zeichen, zu ihm zu gehen.

Sie kramte in der Tasche des Polizisten.

Er schenkte ihr einen lautlosen, abschätzigen Kuss.

Sie ignorierte ihn.

Sie holte einen kleinen Schlüssel aus der Hosentasche des Polizisten hervor, bückte sich und öffnete damit das kleine goldene Schloss der Falltür. Hob sie an. Die Tür ächzte. Feuchtwarme Luft drang von unten in den Raum.

Parnell trat neben sie. Haromi behielt Walken und Pilz im Blick.

In dem dunklen Loch war kaum etwas zu erkennen. Nur die oberen Stufen einer Eisentreppe.

Kurz überlegte der Inspektor. Dann schaute er zu Haromi.

»Ich gehe als Erster, du bleibst mit den beiden hier oben, bis ich ein Zeichen gebe.«

Sie nickte. Wenn auch zögerlich. Beide wussten, dass sie in einen Hinterhalt geraten konnten.

34

Er blinzelte. Er kniff die Augenlider zu Schlitzen zusammen. Doch sosehr er seine Augen auch anstrengte, er konnte nichts erkennen. Es war zu dunkel.

Er schloss die Augen, um sich auf seine anderen Sinne zu konzentrieren. Mit der einen Hand tastete er an der Wand entlang. Sie war kalt und feucht. Mit der anderen Hand klammerte er sich am Geländer der Eisentreppe fest. Er hörte Geräusche, die von irgendwo aus dem Dunkeln unten kamen. Ein Atmen und ein Schluchzen, ein Wimmern.

»Parnell?«, rief Haromi von oben.

Parnell spürte etwas Hartes. Den Schalter. Er drückte darauf.

Flackerndes Licht. Nach ein paar Sekunden beruhigte es sich. Dann leuchtete es still und matt. Er ging weiter und hatte bald das Ende der Treppe erreicht.

35

Haromi war zu Parnell ins Loch hinuntergeklettert und hatte den beiden Polizisten hinuntergeholfen.

Er hatte sich in der Zwischenzeit umgeschaut. Der Raum war etwa fünf mal fünf Meter groß. Zwei Meter hoch. Die Wände aus Stein, der Boden aus dunklem Sand.

Die beiden Dokumentarfilmer hockten in der Ecke. Ihre Arme waren auf dem Rücken gefesselt. Jemand hatte ihre Münder mit Knebeln gestopft. Ihre Oberkörper waren nackt. Schweißgebadet.

Parnell ging einen Schritt auf sie zu. Panik stand in ihren weit aufgerissenen Augen.

Im Halbdunkel des Kellers entdeckte er eine hölzerne Werkbank, auf der mehrere Werkzeuge, ein Kabel, eine Steckdose und lose Drähte herumlagen.

Er schaute Pilz fragend an.

Pilz nickte.

Parnell spürte Wut und Hass in sich aufsteigen. Er war sich sicher, dieses Nicken richtig gedeutet zu haben.

Er bückte sich zu einem der beiden Dokumentarfilmer hinab. Zu Marty Bannon. Dem Blonden.

Bannon begann mit dem Kopf wild hin und her zu schlagen. Seine Augen traten weit aus den Höhlen hervor, als wollten sie gleich platzen.

Mit den Füßen scharrte er im Sand, wie ein wildgewordener alter Gaul.

Ein Gaul vor dem Gnadenschuss.

Parnell schaute auf die Hände, die hinter Bannons Rücken gefesselt waren. Ein Nagel war schwarz und zwei Nägel fehlten.

Er nahm Bannons Kopf zwischen seine Hände.

Der Atem wurde ruhiger.

Er sah die schwarzen Flecken hinter dem linken Ohr. Er beugte sich ganz nah an den Kopf des Mannes heran. Er schnupperte.

Er roch verbranntes Fleisch.

Sein Blick ging hinüber zur Werkbank und zum losen Kabel.

Ekel stieg in ihm auf. Er schaute dem Mann noch einmal in die Augen. Da war Flehen. Hoffnung.

Der Zorn ließ ihn hochschnellen, er drehte sich zu Pilz um.

Haromi hatte den Hass in seinen Augen wohl gesehen. Sie trat auf ihn zu, um ihn zu beruhigen. Er schubste sie zurück.

Sie stolperte. Er wollte diesen Zorn nun befriedigen. Er wollte nicht, dass sie ihn zügelte.

Seine Hände würden nicht stark genug sein, dem Polizisten Schmerzen zuzufügen.

Er schnappte sich den Schreibtischstuhl, der vor der Werkbank stand.

Er warf den Stuhl auf Pilz. Er verfehlte ihn.

Der Stuhl knallte gegen die Mauer.

Er raste auf Pilz zu.

Walken drückte sich Schutz suchend in eine dunkle Ecke zurück.

»Nein, Parnell, nein!«

Haromis markante Stimme hörte er wie durch Watte. Sie war wieder an ihn herangetreten, zerrte an seiner Jacke, sie versuchte seine Arme festzuhalten.

Seine Kraft war stärker als ihre.

Wäre er nicht in Rage gewesen, hätte er auf sie gehört. So oft schon hatte sie ihn zur Vernunft gebracht im Laufe ihrer gemeinsamen Karriere. Manchmal war es ihr nicht gelungen. Manchmal war sein Zorn zu groß gewesen. So wie jetzt.

Das hatte nie gut geendet.

Er brauchte sie – als Gegenpol. Sonst drehten seine Koordinaten durch. So wie hier unten. In Dunedin.

Er brauchte sie, viel mehr als er sich das jemals eingestanden hätte. Sie wusste es, sie sagte es jedoch nie. Sie hatte die Ruhe, die Balance, die ihm abging. Die er bräuchte, um sich zu fangen. Sie waren ein gutes Team, eigentlich verstanden sie sich blind. Er mehr der Bauchmensch, sie mehr der Kopfmensch. Sie rational, wenn er unorthodoxe Wege betrat.

»Frank, nein!«

Die Bestimmtheit war dem Befehlston gewichen.

Sie hatte ihm nichts zu befehlen. Die Hierarchie zwischen ihnen war geklärt. Er war der Chef, sie war ihm untergeordnet.

Doch diese Hierarchie hatte nie zwischen ihnen beiden eine Rolle gespielt. Fast nie. Außer wenn er in Rage war. Wenn er alles seiner Rage unterordnete. Auch ihr stilles Abkommen, auf Augenhöhe zu arbeiten.

Dann befahl er.

Um wieder Gleichgewicht herzustellen, befahl sie zurück.

Ohne Erfolg.

»Parnell, nein! Schluss damit, sofort!«

Es half nichts.

Parnell sah das hämische Grinsen in Pilz' Gesicht.

Er stand nun vor dem Hünen. Er deutete einen Schlag ins Gesicht an, stieß dem Mann aber gleichzeitig von der Seite in den Unterschenkel.

Der Koloss fiel.

Der Sand staubte auf.

Pilz ächzte.

Grinste aber weiter.

»Ihr seid zu weich, ihr Aucklander.«

»Wir sind Polizisten.«

»Vielleicht bist du ein Polizist, du Schwein. Vielleicht bist du ein Mörder.«

Parnell schnappte sich den Stuhl und schlug auf Pilz' Gesicht ein. Er konnte nicht sagen, ob das Knacken das Brechen seiner Nase war oder das Brechen des Holzbeins.

Er ließ den Stuhl immer und immer wieder krachend auf sein Gesicht fallen.

»Frank, Frank …«

Haromis Stimme drang nun endlich zu ihm durch. Er hob den Stuhl mit letzter Kraft, doch die Erschöpfung überkam ihn. Er stellte den Stuhl zurück auf den Boden.

Er würdigte Pilz keines Blickes mehr. Er sah nur noch aus den Augenwinkeln, dass sein hämisches Grinsen verschwunden war.

Haromi bückte sich zum Polizisten hinab. Sie half ihm hoch, er setzte sich in den Sand. Sie warf Parnell einen bösen Blick zu.

Pilz schnaufte laut, wie ein erschöpftes Ross, er spuckte Blut, einen Zahn.

»Feiges Schwein«, japste er. »Verfluchte Schweine, ihr alle. Schlag mich, so viel du willst. Den letzten Schlag werde ich tun. Ich werde herausfinden, wer ihr seid, was ihr mit der Sache zu tun habt. Ich habe sie geschlagen, bis sie verraten haben, wo die fehlende Speicherkarte ist. Sie hatten sie in einem Schließfach am Bahnhof. Ich bin ein Mann des Gesetzes, nur das Gesetz zählt, und wenn man es aus den Leuten herausprügeln muss. Du –«

Er spuckte in Parnells Richtung.

»Ihr –«, wandte er sich nun an die Dokumentarfilmer, »ihr könnt nicht ewig schweigen. Ihr könnt nicht ewig Lügen erzählen.«

Parnell tat ihm nicht den Gefallen, sich noch einmal zu ihm umzudrehen. Er ging auf Marty Bannon und seinen Kumpel zu und befreite sie von ihren Knebeln.

Sie husteten, sie rangen nach Luft.

Parnell dachte kurz nach. Über sich. Über Pilz. Über das, was richtig war und was falsch. Über das Polizistendasein. Darüber, wie er sich in seinem Polizistenleben eingerichtet hatte. Wann er sich an das Gesetz gehalten hatte und wann er es missbraucht hatte, um zu guter Letzt die Wahrheit siegen zu lassen.

Er erinnerte sich an seine Flucht vor wenigen Stunden. An den Parkplatz, an die Mutter, die er mit einer Waffe bedroht hatte.

Machte es einen Unterschied, wenn man eine rote Linie bereits überschritten hatte, wenn man sie dann Stunden später noch einmal überschritt?

»Erzählt alles. Erzählt die Wahrheit ... oder ... oder ich binde ihn los ...«

Parnell zeigte auf Pilz.

»... und wir ...«, sprach er weiter und deutete dabei auf sich, Haromi und Walken, der immer noch im Schutz der Dunkelheit saß, »... und wir verlassen diesen Raum.«

Er senkte den Kopf. Er schloss die Augen.

»Also, ich höre.«

36

»Sie ist mitten in der Nacht aufgetaucht. Sie wirkte verwirrt, vielleicht stand sie unter Drogen. Plötzlich stand sie am Feuer. Lächelte. Grinste. Wir baten sie, sich zu uns zu setzen. Sie sprach wirres Zeug. Sie sagte, sie sei zu Fuß und per Autostopp unterwegs. Und sie sei zufällig an diesem Strand vorbeibekommen. Wie verstanden sofort, dass das nicht stimmen konnte. Hier am Strand der Pinguine kam niemand zufällig vorbei.«

Richards' Stimme klang ruhig. Er sprach deutlich und bestimmt. Parnell glaubte ihm, er wollte ihm glauben, er musste. Er kannte das von früheren Verhören in anderen Fällen. Wenn man nicht mit Sicherheit wusste, wen man da vor sich hatte, musste man sich für einen der Wege entscheiden. Entweder ich glaube. Oder ich glaube nicht. Hatte man sich entschieden, musste man diesem Weg eine Zeit lang bedingungslos folgen. Alle Zweifel beiseiteschieben, nicht löschen, nur wegschieben. Sonst kam man nicht voran.

»Sie hatte keinen Rucksack bei sich. Sie fragte, ob sie bei uns im Zelt übernachten könne. Wir sagten ihr, im Zelt sei nur Platz für zwei. Sie tat mir leid, aber ich traute ihr nicht. Wir hatten wichtiges Equipment im Zelt. Die Kameras. Geld. Unsere Papiere. Das konnten wir nicht riskieren. Ich fragte nach ihrem Namen. Sie sagte, sie heiße Petty. Keine Ahnung, ob das stimmt. Ich glaube nicht. Ich wollte sie nicht bei uns haben. Aber ich wusste auch nicht, wohin ich sie schicken sollte. Ich sagte, sie könne am Feuer schlafen. Die Glut würde sie wärmen. Wir boten ihr einen unserer Schlafsäcke an. Sie war einverstanden. Wir kochten eine Bohnensuppe. Wir sprachen kaum. Sie aß gierig unsere Suppe und trank sehr viel Wein. Mir war die Sache nicht geheuer. Als wir uns in unser Zelt zurückzogen, beobachtete ich sie. Petty schien sich auch zum Schlafen zurechtzumachen. Sie trank einen letzten Schluck Wein, sie schaute in das Feuer, es schien mir, als weinte sie. Lautlos. Dann nahm sie etwas aus ihrer Tasche. Ein Portemonnaie. Sie schaute hinein, mehr konnte ich nicht erkennen. Sie ging mit dem Portemonnaie in der Hand in die Dünen, was mir komisch erschien. Leise öffnete ich den Reißverschluss des Zeltes, ich folgte ihr. Sie war bis an den Waldrand gelaufen. Dann sah ich, wie sie mit den Händen im Sand wühlte. Sie grub ein Loch, ließ etwas hineinfallen, dann machte sie das Loch wieder zu, trampelte darauf herum. Kurz darauf rammte sie noch einen Stock in die Erde. Ich beeilte mich, ins Zelt zurückzukommen, bevor sie zum Feuer zurückkam.«

Parnell überlegte, ob er Richards unterbrechen sollte. Ihm lagen so viele Fragen auf der Zunge, aber er wartete ab. Er wollte sehen, wie viel der Mann von dem, was er bereits wusste, von selbst preisgeben würde. Er schaute zu Bannon. Dieser erwiderte den Blick, ausdruckslos.

»Am nächsten frühen Morgen war sie weg. Sie musste bereits in der Nacht verschwunden sein. Ich schwöre – wir wissen nicht, wohin. Ich dachte mir nichts dabei.

Das Wetter war schlecht. Ein eisiger Wind fegte über die Dünen. Wir gingen zur Kamera, kontrollierten sie. Die ersten Pinguine waren bereits aus ihren Nestern gekrochen und schleppten sich Richtung Wasser. Die Kamera lief, wir verzogen uns ins Zelt. Nur eine halbe Stunde später wurde der Wind heftiger. Lauter. Er peitschte über die Dünen. Bald kam uns sein Heulen unheimlich vor …«

Richards schaute zu seinem Kollegen. Als hätte Bannon auf seinen Einsatz gewartet, sprach er weiter.

»Das war nicht das Heulen des Windes, das war etwas anderes. Das war ein Schreien. Das, das ...«

Parnell beobachtete die Mimik des Mannes, sie war wie erstarrt. Die Lippen bewegten sich wie mechanisch. Aus seinem Gesicht war alle Farbe gewichen. Er bekam keinen Ton mehr raus.

Richards übernahm wieder das Wort.

»Marty sagte es als Erstes. ›Das ist ein Mädchen, das schreit, Steve, das ist nicht der Wind. Das ist das Mädchen von letzter Nacht.‹ Ich schüttelte den Kopf. Doch das Schreien wurde lauter. Nun war auch ich mir sicher. Sie schrie um Hilfe. Sie hatte Todesangst. Wir schauten uns an. Auch wir hatten Angst, doch wir verließen das Zelt. Nichts war zu sehen, der Wind war so stark. Wir gingen zurück ins Zelt, ich holte eine weitere Jacke hervor, außerdem eine Sonnenbrille. Ich setzte die Sonnenbrille auf, die Jacke stülpte ich mir über den Kopf, ich unternahm einen zweiten Versuch, ich kämpfte mich zur Düne, doch das Schreien war nicht mehr zu hören. Der Sturm hatte etwas nachgelassen, ich schaute mich um, in alle Richtungen, zum Strand, wo meterhohe Wellen auf den Sand platschten, in den Wald, der ruhig und dunkel dalag. Ich konnte sie nirgends entdecken. Ich kämpfte mich zur Kamera, holte die Speicherkarte heraus und lief zurück zum Zelt. Wir schauten uns die letzten Minuten der Speicherkarte auf dem Notebook an. Wir sahen das Mädchen im Nebel des aufgewirbelten Sandes am Strand entlanglaufen. Blutüberströmt, mit zerrissener Kleidung. Ich fragte mich, vor wem sie floh? Ich fragte mich, ob sie uns suchte? Ich fragte mich, ob der, der ihr folgte, auch uns finden würde? Erneut verließ ich das Zelt. Ich suchte die Stelle, an der ich das Mädchen am Abend zuvor beobachtet hatte. Ich fand die Stelle, ich fand den Stock, den sie in die Erde gerammt hatte. Ich grub, ich entdeckte das Portemonnaie. Es war mit großen Scheinen gefüllt. Da waren mehrere Tausend Dollar darin. Ich überlegte kurz, dann vergrub ich alles wieder.«

Der Mann senkte den Kopf, doch Parnell wusste, dass seine Erzählung damit noch nicht beendet war. Er selbst hatte dem Mann das Geld des toten Mädchens entwendet.

Richards blickte erneut auf, er schaute Parnell tief in die Augen. Da wusste Parnell, dass der Mann in diesem Augenblick kapierte, wer ihm das Geld entwendet hatte.

Parnell nickte. Das Nicken sagte: Ja, ich war es. Es sagte aber auch: Erzähl weiter! Bring es zu Ende.

»Sie kamen am frühen Nachmittag. Wir hatten wieder am Feuer gesessen. Es waren zwei Dutzend Männer und Frauen, mindestens. Sie hatten uns im Nu umzingelt. Wahrscheinlich hatten sie uns bereits eine Weile beobachtet. Sie kamen schnell zur Sache. Vier Männer mit langen Haaren und Bärten packten uns. Sie hatten Wollpullover, Jeans, Outdoor-Schuhe, Windjacken an. Sie fragten nach einem Mädchen. Sie nannten keinen Namen. Sie durchwühlten unser Zelt. Ich vermutete, dass sie nach dem Geld suchten. Ich nahm allen Mut zusammen und sagte, ich wisse nicht, wovon sie sprächen. Zwei andere Männer kamen auf uns zu. Einer war groß und stämmig, sein fettiges gewelltes Haar hing ihm übers Gesicht. Der andere war klein und dünn.

Sie hielten Pistolen in der Hand, sie drückten sie mir an die Schläfe. Ich hatte Angst. Ich machte mir in die Hose. Ich bin ein verdammter Dokumentarfilmer. Tierdokus. Ich bin kein Kriegsreporter, mir hat noch nie jemand eine Knarre an den Kopf gehalten. Ich habe keine Angst vor Löwen oder Elefanten, aber ich mag keine verdammten Knarren. Schließlich habe ich ihnen erzählt, dass sie bei uns war. Aber dass wir nicht wüssten, wo sie jetzt ist. Vom Geld habe ich nichts erzählt. Auch nichts vom Video. Sie haben es mir geglaubt, jedenfalls haben sie die Waffen von meiner Schläfe genommen. Dann sind sie alle verschwunden. Stunden später bin ich zum Waldrand und habe das Geld ausgegraben und in unsere Büchse gelegt. Und bald darauf kamen Sie …«

Er zeigte auf Parnell. Der nickte wie zur Bestätigung.

»Und danach war das Geld weg.«

Wieder nickte Parnell. Ohne zu wissen, wie der Mann das Nicken auffassen würde. Es war ihm egal.

»Wir beschlossen, noch eine Nacht zu bleiben. Schließlich brauchten wir noch ein paar Aufnahmen der Pinguine. Wir wollten nicht zur Polizei, wir hatten Angst, die würden uns unser Filmmaterial wegnehmen.« Er schaute zu seinem Kollegen, während er sprach. »Marty trampte in die Stadt zurück, er sperrte die eine Speicherkarte in ein Schließfach am Bahnhof, dann kam er zurück. Wir filmten weiter. Dann kamen diese Polizisten …«

Sein Blick wanderte von Walken zu Pilz.

»Jetzt sitzen wir hier.«

Stille. Nur ab und an drang ein Brummen von draußen herein. Dumpfe Automotoren.

Walken ging auf die beiden Männer zu. Er bückte sich zu ihnen hinunter, schien ob der gefesselten Hände kurz das Gleichgewicht zu verlieren, fand jedoch die Balance. Er schaute ihnen tief in die Augen.

Parnell ließ ihn machen. Gefesselt ging von ihm keine Gefahr aus. Er fragte sich, ob auch Walken die beiden geschlagen hatte, ob er die Schmutzarbeit seinem Kollegen überließ, ob er dessen Alleingänge missbilligte oder als notwendiges Übel in Kauf nahm.

»Was waren das für Leute, die zu Ihnen gekommen waren?«, fragte Walken.

Richards schüttelte den Kopf.

Bannon schaute nicht auf, als er weitersprach.

»Wie gesagt …«

Walken unterbrach Richards abrupt.

»Sprich! Verdammt! Irgendwas muss euch aufgefallen sein!«, schrie er.

Auch Parnell zuckte innerlich kurz zusammen. Er fragte sich, ob Pilz und Haromi sein Zucken wahrgenommen hatten.

»Ich … ich …«, stammelte Richards.

»Rede!«

»Ich konnte die nicht genau erkennen. Es ging alles so schnell.«

»Sag, was du ungenau gesehen hast …«

»Die Männer trugen Mützen, tief ins Gesicht gezogen …«

»Ist der Name Anton Kent Jr. gefallen?«

Kopfschütteln.

»Oder der Name Marianna Casey?«

»Ist das …?«

»Ja, das ist wahrscheinlich das Mädchen, das die Nacht bei euch verbracht hat. Kents Tochter. Die jetzt tot ist.«

Die Farbe verschwand vollends aus den Gesichtern der beiden Filmemacher.

Mit einigen Sekunden Verzögerung schüttelten sie heftig die Köpfe.

Walken fuhr hoch.

»Verdammt!«

Er trat mit dem Stiefel gegen die feuchte Wand.

Parnell zuckte diesmal nicht.

Haromi schrak kurz auf.

»Das muss Kent gewesen sein. Er ist mit seinen Leuten am Strand unterwegs. Er ist dem Mörder seiner Tochter auf der Spur. Vielleicht hat er sie …«

Walken sprach nicht weiter.

Doch Parnell wusste genau, was er sagen wollte, aber nicht aussprach.

Vielleicht hat er seine tote und von ihnen begrabene Tochter inzwischen gefunden. Vielleicht will er nun Rache. Vielleicht denkt er, die beiden Dokumentarfilmer seien die Mörder. Vielleicht beobachtet er sie die ganze Zeit schon, um sie zu überführen. Oder er will sie töten und wartet auf den passenden Augenblick.

Vielleicht verfolgte und beobachtete er aber auch jemand anderen.

Ihn. Frank Parnell.

Parnell lief es kalt den Rücken hinunter.

Er fühlte sich wie eine Fliege, die sich immer mehr im Spinnennetz verfing.

Er suchte nach einem Ausweg. Doch da war nichts.

Er wusste einfach nicht mehr, was richtig war, was falsch. Welche Entscheidung logisch war, welche nicht.

Er spürte, wie er die Kontrolle verlor.

37

Sie hatten Richards und Bannon von den Fesseln befreit. Dann Walkens und Pilz' Fesseln enger gezogen, sodass sie sich nicht bewegen, geschweige denn befreien konnten.

Nicht einmal Polizisten wie Pilz.

Die beiden Dokumentarfilmer hatten sie laufen gelassen. Von ihnen ging keine Gefahr aus, sie waren unschuldig. Davon war Parnell überzeugt.

Dann waren sie die Treppe hochgeklettert, hatten die Falltür von außen verschlossen und das Grundstück über den Garten verlassen.

Sie hatten sich am anderen Ende der Stadt einquartiert. Die Backpacker-Herberge war deutlich heruntergekommener als das Black Penguin. Sie hieß The Forest und lag tatsächlich in der Nähe des Waldrands, von dem Parnell am Nachmittag zurück in die Stadt gelaufen war.

Es war vier Uhr morgens, als sie an die Tür der Herberge klopften. Es dauerte eine Weile, bis der Besitzer öffnete.

Misstrauischer Blick.

»Haben Sie ein ... äh ... zwei Zimmer?«

Parnell hatte kurz vergessen, dass nun Haromi an seiner Seite war. Einerseits war er froh darüber. Andererseits hätte sie das alles nie sehen sollen. Ihn so nie erleben sollen.

Bis zu ihrem plötzlichen Auftauchen trug er noch die kleine Hoffnung in sich, er könne diesen Irrsinn irgendwie wieder in den Griff bekommen, die Glut löschen, abhauen, hoch nach Auckland fliehen, weitermachen, als wäre nichts geschehen. Wie auch immer.

Nun war Auckland zu ihm gekommen. In der Gestalt Haromis.

So als wäre dieser Trip von Anfang an gemeinsam geplant gewesen.

Er hatte sich immer verboten, darüber nachzudenken, was wäre, wenn sie beide ...

Wieder unterdrückte er den Gedanken, ließ ihn sich nicht zu Ende denken, während der Herbergenbesitzer sie ins Innere bat.

Wärme, wie sie nur ein Holzofen verbreiten konnte, strömte ihnen entgegen.

Jetzt erst spürte Parnell, wie kalt ihm war, er spürte die nassen Socken im nassen Leder seiner Stiefel.

Er brauchte Erholung, ein warmes Bett, einen warmen Körper, an den er sich schmiegen konnte. Sister Gold.

Haromi.

Weg mit dem Gedanken. Sie waren nun seit bald vier Jahren Kollegen. Sie verbrachten fast jeden Tag miteinander. Im Dienst. Er wusste bis heute nicht, was er für sie war.

Ein väterlicher Freund? Ein beschützenswertes Wrack? Ein potenzieller Liebhaber?

Sie war zu jung für ihn. Definitiv. Zu rein. Er durfte ihr gegenüber nur väterlichen Beschützerinstinkt empfinden.

Nichts anderes durfte er zulassen.

Parnell griff in die Tasche seiner Jacke.

»Shit.«

Er hatte erneut vergessen, dass er nichts bei sich trug. Kein Portemonnaie. Gar nichts.

Er drehte die Taschen nach außen und hob die Augenbrauen.

Er sah Haromis zarte Finger in ihrer Jacke verschwinden, er blickte auf die feinen Härchen ihrer Unterarme, als sie ihre Kreditkarte auf den Tresen legte.

Parnell legte seine Hand auf ihre.

Kurz sah sie ihn erschrocken an, dann verstand sie.

Sie hielt die Kreditkarte fest umklammert, dann steckte sie die Karte zurück ins Portemonnaie.

Sie fischte einen Hunderter heraus.

Der Herbergenbesitzer grinste Parnell an.

Hab-schon-verstanden-Grinsen.

Freches-kleines-Ding-Grinsen.

Ich-schweige-wie ein-Grab-Grinsen.

In Gedanken schlug Parnell diesem lüsternen Mann in die Fresse.

Der Gedanke tat gut.

38

Sie standen im dunklen Flur. Nur das letzte Licht ganz hinten flackerte. Der Teppichboden war weich getreten, er roch alt. Der Geruch von Haromis süßem Schweiß mischte sich in den Mief, machte ihn erträglich.

Die Herberge hatte zwei Etagen mit insgesamt acht Zimmern.

Sie standen vor Zimmer Nummer 6. Seinem Zimmer.

Ihr Zimmer musste sich am Ende des Flurs befinden.

»Und jetzt?«

Parnell verstand nicht.

»Ich weiß nicht weiter. Vielleicht ist es das Beste, wir legen uns zwei Stunden hin.«

»Oder ...?«

»Ich weiß nicht.«

Sie standen schon viel zu lange da. Er trat einen Schritt zurück, in der letzten Millisekunde, bevor er sich umdrehte, war ihm, als hätte sie ihm tief in die Augen geschaut, nicht normal tief. Anders tief.

»Gute Nacht, Haromi.«

Er drehte sich nicht mehr zu ihr um.

Seine Hand zitterte, als er versuchte, den Schlüssel ins Schlüsselloch zu schieben. Der Schlüssel kratzte am Metall, dann rastete er in den schmalen Spalt ein.

Die Tür quietschte, als er sie öffnete.

Dunkler Raum.

Nicht umdrehen.

Nicht.

Er hörte dumpf ihre Schritte, wie sie den Flur hinablief.

Er hörte ihren Schlüssel in ihrem Schloss.

Tür auf, Tür zu.

Er schloss nun auch seine Zimmertür.

Er zog noch nicht einmal Jacke und Stiefel aus.

Er fiel aufs Bett und in einen tiefen Schlaf.

39

Er konnte für einen kurzen Moment nicht unterscheiden, was Traum, was Wirklichkeit war. Er war eine Küstenstraße entlanggefahren, wie man sie nur in Träumen entlangfährt, leicht schwebend, mit dem Blick auf sich selbst gerichtet, von oben herab, keine Schmerzen, keine Gedanken, keine Vergangenheit, keine Zukunft.

Dann der Sturzflug, hinunter, über die Klippen, im Auto, ein rotes Cabriolet, das Rauschen der Wellen, die an den Stein der Straße schlugen, Musik in den Ohren, die es in Wirklichkeit nicht gab, neben ihm Haromi, nein, doch nicht, Sister Gold, doch ihr Gesicht verwandelte sich zu einer Fratze, es zeigte das aufgeblähte Gesicht des toten Mädchens vom Strand. Dem toten Mädchen wuchs ein Schnabel aus dem Gesicht, aus ihrer Haut sprossen Federn, sie verwandelt sich in einen Pinguin.

»Willst du mit mir schlafen?«

Die Stimme des Pinguins ist die Stimme des Mädchens.

Kein Piepsen, kein Fiepsen.

Ein zärtlich gehauchtes Flüstern. Sister Golds Flüstern.

Der Blick zum Horizont, wo schwarze Wolken über dem Wasser der Küste entgegenrasten, er lehnte sich an den Beifahrerpinguin, er fühlte sein weiches Fell, er verschwand darin, zuerst der Kopf, langsam zog das Fell den ganzen Körper in sich hinein, noch nie hatte er sich so wohlig und warm gefühlt, so geborgen, alles verschwand, alles wurde dunkel, dann öffnete sich wieder ein Spalt, er hörte Schritte, das Knarzen eines Fußbodens, er wusste sofort, wo er sich befand, er konnte das Knarzen von Millionen anderen Knarzgeräuschen unterscheiden.

Es war der Flur seines Elternhauses, er sah den dunklen Flur entlang, er hörte ein Rauschen, kurz überlegte er, ob es noch das Rauschen der Brandung an der Küstenstraße oder das Rauschen des Fernsehers war.

Er hörte die Stimme seiner Mutter. Flüstern.

Er hörte nicht, was sie sagte, er wusste es trotzdem.

Sie rief ihn zu sich.

Am Ende des Flurs sah er einen schmalen hellen Spalt, Licht fiel in den Flur.

Er blinzelte.

Was war dieser Lichtspalt? Die geöffnete Tür? Draußen der dunkle Flur. Ja, jetzt war alles wieder da. Die Backpacker-Herberge. The Forest. Sie hatten ein Zimmer gemietet. Er und Haromi. Er schreckte auf. Wie spät war es? Er schaute auf die Uhr, drückte auf den Knopf, der das Ziffernblatt erleuchtete. Es war kurz nach fünf. Er hatte also nur wenige Stunden geschlafen.

Er schaute in die Richtung, in der er ein Fenster vermutete. Nichts, dunkel.

Warum stand die Tür offen?

Er erinnerte sich an die Verabschiedung von Haromi, an den peinlichen, knisternden Moment.

Hatte er die Tür offen stehen lassen, hatte sie das bemerkt, vielleicht als Angebot gedeutet?

Irgendetwas stimmte nicht in diesem Zimmer. Parnell überkam ein eigenartiges Gefühl, er stockte in Gedanken. Er fühlte sich nicht allein.

War Haromi hier? Er versuchte, sich nicht zu rühren. Ein kurzes Quietschen des Bettes. Dann war es still.

Ganz still.

Auch von draußen drang kein Geräusch herein.

Selbst der Wald schien noch zu schlafen. Hier am Stadtrand.

Nur ein gleichmäßiger Laut drang ihm nun ins Ohr, durchbrach die Stille.

Ein Atmen.

Ruhig, gleichmäßig.

Von dort, wo Parnell vorhin das Fenster vermutet hatte.

Er überlegte kurz.

Schnell begriff er, dass er keine Chance hatte.

Noch hoffte er, dass es Haromi war.

»Haromi …«

Er flüsterte.

»Frank Parnell.«

Das war nicht Haromi, die aus dem Dunkeln antwortete.

Es war eine tiefe, rauchige Männerstimme.

Parnell kannte die Stimme nicht.

»Chefinspektor. Mordkommission. Auckland.«

Parnell schwieg. Er fand keine passenden Worte.

Er hörte ein Klicken, dann traf ihn der helle Schein einer Taschenlampe ins Gesicht.

Er war zu überrascht, um einen Arm schützend vor das Gesicht zu halten.

Er schloss die Augen.

»Wer sind Sie?«

Statt einer Antwort verschwand das Licht. Parnell hörte die Taschenlampe zu Boden krachen.

Er zuckte kurz zusammen.

Die Lampe rollte über das Holz in seine Richtung, sie stieß gegen die Bettkante und blieb dort liegen.

Kurz überlegte der Inspektor, wo er Walkers Waffe hatte. Unter dem Kissen.

Er tastete mit der rechten Hand die Matratze ab, tastete sich vor zum Kissen, fuhr darunter.

Er hörte ein Räuspern aus der dunklen Ecke.

Die Pistole war weg.

Er drehte sich nach rechts, jetzt erst bemerkte er, dass er sich nicht ausgezogen hatte. Was von Vorteil war. Er stellte die Beine auf den Boden, bückte sich nach vorn.

Dann ertastete er sie. Hob die Taschenlampe hoch und knipste sie an.

Der Lichtkegel wanderte über die holzvertäfelten Wände des Zimmers, er fiel über ein Gesicht.

Er fand dorthin zurück, nun fixierte das Licht das fremde Gesicht.

»Guten Morgen, Inspektor.«

Das Gesicht grinste.

Im Lichtkegel der Taschenlampe waren die Umrisse einer Pistole zu erkennen.

Walkers Pistole.

Er musterte das Gesicht. Schmale, eingefallene Wangen, schwarze Haare, nach hinten gekämmt. Buschige Augenbrauen. Er hatte das Gesicht noch nie gesehen.

Der Mann schob ein Bein nach vorn, sodass Parnell die Schuhe und den unteren Teil der Hose erkennen konnte.

Er erschrak.

Der Mann trug Polizeiuniform.

»Steht mir gut, nicht wahr?«

Der Mann lachte höhnisch.

»Mein Name ist Anton Kent Jr. Ich denke, Sie haben von mir gehört. Ich bin hier, um den Tod meiner Tochter zu rächen.«

Okay. Das war's dann jetzt. Der Mann wusste, dass seine Tochter tot war.

Die überraschende Erleichterung schlug in Angst um. Was, wenn er mich nicht nur töten will? Er hätte nie gedacht, dass er beim Gedanken an Folter solche Angst verspüren würde. Er hatte die Möglichkeit immer verdrängt.

Gleich tot zu sein, das konnte mit einer relativ angenehmen Wohligkeit einhergehen.

Gefoltert zu werden, war etwas anderes. Da schlug die Angst bereits vorab mit einem Hammer auf einen ein.

Dass ihm Folter bevorstand, daran zweifelte der Inspektor schon nach wenigen Sekunden nicht mehr.

Parnell hatte keine Kinder, aber er war empathiefähig genug, um zu verstehen, dass Kent den Mörder seiner Tochter nicht einfach nur töten würde.

Töten war milde.

Mit Qualen holte man die Tote nicht zurück.

Aber es tat wohl gut.

Es tat ganz sicher gut.

»Ich habe Ihre Tochter nicht getötet, Kent.«

Parnell spürte das Zittern in seiner Stimme.

Ein plötzlicher Gedanke schoss ihm durch den Kopf.

Wo war Haromi?

Wusste Kent nicht, dass sie nebenan schlief?

Unwahrscheinlich.

Vielleicht hatte er sie erschossen, eiskalt.

Mit einer anderen Pistole. Mit Schalldämpfer.

Vielleicht schlief sie tatsächlich noch.

Vielleicht lauerte sie vor der Tür und würde jede Sekunde hereinstürzen. Vielleicht bestand doch noch Hoffnung.

»Ich habe Ihre Tochter nicht ermordet, Kent.

»Ich weiß, Parnell ...«

Kurz schwanden dem Inspektor die Sinne. Mit allem hatte er gerechnet, aber nicht mit dieser Antwort.

»Ich weiß.«

Kent Jr. wiederholte seine Worte, er hielt die Pistole hoch, hielt sie auf Parnell gerichtet, drückte ein Auge zu.

»Ich weiß, aber es wird Ihnen nichts nützen.«

40

»Ich weiß. Sie sind kein Mörder, Parnell, aber Sie werden zum Mörder werden.«

Parnell verstand nicht, er spürte nur, wie in ihm die Hoffnung keimte, wie sie in Sekundenschnelle heranwuchs wie ein Luftballon.

Er wollte nicht, dass sie wich. Doch er konnte nichts dagegen tun.

»W… was?«

Er stammelte.

»Auf einen wie Sie hatte ich gewartet. Nicht zu hoffen gewagt, dass mir einer wie Sie begegnet.«

»W… w…«

Der Mann stand auf, er nahm den Stuhl, auf dem er gesessen hatte, und ging zur Tür. Schloss sie fast geräuschlos. Dann knipste er das Zimmerlicht an. Setzte sich wieder, wohl zwei Meter von Parnell entfernt, auf den Stuhl.

»Ihre Kollegin?«

Er musste den ängstlichen Blick des Inspektors bemerkt haben. Er deutete ihn richtig. Parnell atmete tief ein und aus. Der Mann war ein Profi.

»Machen Sie sich keine Sorgen um sie.«

Nun grinste der Mann. War das das Grinsen eines rachsüchtigen Vaters, dessen Tochter ermordet worden war? Parnell wusste, er würde diese Sekunden des Grinsens nie wieder vergessen können.

»Haromi.«

Beim Erklingen ihres Namens lief es Parnell kalt den Rücken herunter. Das Herz gab schnelle Befehle an das Hirn weiter, sodass sein Arm zuckte, schneller, als das Gehirn das Zucken unterbinden konnte.

»Tstststs, ganz ruhig …«

Kent hob erneut die Pistole.

»Ihre Kollegin ist in Sicherheit«, redete er weiter.

»Was wollen Sie von mir? Von ihr?«

Der Inspektor hatte seine Sprache wiedergefunden.

»Wie gesagt – ich will, dass Sie für mich morden. Die Mörder meiner Tochter töten. Ich habe Sie dazu auserwählt. Ich habe nach einem Mann wie Ihnen gesucht – und Sie gefunden.«

Stille. Parnell beschloss zu schweigen und zu warten, bis der Mann alles gesagt hatte, was er ihm mitteilen wollte.

»Ich arbeite nicht gerne mit Amateuren, Parnell. Was konnte mir da Besseres passieren, als einen exzellenten Polizisten zu finden, schusssicher, keine Familie, leichtes Alkoholproblem. Alkoholprobleme sind exzellente Mittel der Verführung, der Lenkung …«

Der Mann lachte widerwärtig auf. Überheblichkeit des Asketen.

»Sie sind mir wie vom Himmel geschickt, Parnell. Als ich durch die versifften Kneipen Dunedins gezogen bin, auf der Suche nach einer verlorenen Seele. Einer Seele, die für Geld alles machen würde. Aber das allein reichte mir nicht. Die Seele musste weitere Eigenschaften in sich vereinen. Verstehen Sie?«

Parnell verstand gar nichts.

»Er musste nicht nur für Geld alles machen, er musste auch fähig sein, seine Aufgabe exzellent, zumindest halbwegs ... nicht völlig amateurhaft und desaströs über die Bühne zu bringen.«

Dieser Mann hatte offenbar ein Problem mit der Inkompetenz der Welt, der Unzulänglichkeit der Menschheit im Allgemeinen.

Typisch Scheißmilliardär. Parnell war jeder Kneipenpenner lieber als dieser Mann.

»Ich wusste, dass ich in Kneipen solche Typen finden würde. Ich wusste nicht, dass ich auf einen wie Sie treffen würde. Inspektor. Kinderlos. Im Liebeskummer versunken. Nichts zu verlieren ...«

»Wo... woher ...?«

»Sie haben es mir erzählt, Parnell. Sie haben mich zugeheult.«

Der Mann sprach nun lachend.

»Ich ... ich ...«

»Sie können sich an nichts mehr erinnern.«

Parnell schüttelte den Kopf. Dann brach er das Schütteln abrupt ab. Scheißaffekt.

»So, wie Sie am Tresen hingen, so, wie Sie den Whiskey soffen, so, wie sie lallten, so leer, wie Ihre Augen waren, war ich mir sicher, dass Sie sich an nichts mehr erinnern würden.«

Wieder das Nicken des Kopfes ohne die Erlaubnis des Hirns.

»Trotzdem, ich bin jemand, der nichts dem Zufall überlässt, Parnell. Deshalb habe ich natürlich nachgeholfen. Mit

Geld würde ich bei Ihnen nicht weit kommen, das war mir sofort klar.«

»Was haben Sie in dieser Nacht mit mir gemacht, Kent?«

Parnell konnte nicht anders. Es war aus ihm herausgebrochen. Er hatte Angst. Angst davor, zu erfahren, was ein fremder Mensch mit ihm gemacht hatte.

»Sie werden für mich töten, Parnell.«

»Warum sollte ich das tun?«

Der Mann lachte nun laut auf.

Ein kehliges Lachen. Das würde er unter tausend anderen immer wieder heraushören. Parnell war sich sicher, er würde dieses Lachen nie vergessen. Er hoffte, es würde ihn nicht in den Träumen verfolgen.

Das Lachen verstummte. Nun flüsterte der Mann.

»Weil alle Welt glaubt, dass Sie bereits getötet haben. Weil alle Welt Sie bereits für den Mörder meiner Tochter hält.«

Parnell atmete tief aus. Zum ersten Mal in diesem Gespräch wähnte er sich einen halben Schritt weiter zu sein als sein Gegenüber.

»Sie meinen meine Kollegen hier aus Dunedin, Kent? Sie glauben, die halten mich für den Mörder? Und wen die Polizei für den Mörder hält, der ist auch ein Mörder, ganz gleich, ob er gemordet hat oder nicht?«

Kent hob die Augenbrauen.

»Ich muss Sie enttäuschen, Kent.«

Parnell schaffte nicht, den Triumph in seiner Stimme zu unterdrücken. Das ärgerte ihn.

»Die Polizei weiß alles. Und ich kann alles erklären. Ich

habe die Leiche Ihrer Tochter gefunden. Ich kenne die Todesursache. Nach dieser Faktenlage ist es sehr unwahrscheinlich, dass ich sie überhaupt ermordet haben kann. Sie haben Spuren gelegt, die auf mich hindeuten sollen, Kent. Aber diese falschen Spuren reichen nicht aus.«

Wieder Kents höhnisches Lachen.

»Parnell, Parnell. Muss ich Ihnen wirklich alles erklären, wie einem unreifen Kind? Ich habe Ihre Intelligenz wohl überschätzt. Und Sie beleidigen die meine. Denken Sie wirklich, ich habe schon alle Karten ausgespielt? Die offenen Karten, von denen Sie wissen, sind nichts als Spielerei, Vorgeplänkel, eine kleine Verwirrung. Für Sie. Für die Polizei.«

Plötzlich wurde seine Miene ernst.

»Ich weiß, wer meine Tochter auf dem Gewissen hat. Ich will keine Gnade walten lassen. Die Mörder sind aus meinem innersten Kreis, Parnell. Männer, Frauen, denen ich blind vertraut habe. Ich verspüre Demütigung, Hass. Ich will Rache. Loyalitätsbruch muss mit dem Tod bestraft werden.«

Parnell spürte, wie ihm die Galle hochkam. Vor Ekel. Vor Zorn. Diesem Mann ging es nicht um die Tochter, es ging ihm nur um sich selbst. Er ist verraten worden, betrogen, von seinen Leuten, das kränkte ihn, das schmerzte ihn. Das wollte er rächen. Nicht den Tod seines Kindes.

»Die Verräter befinden sich auf einem meiner Schiffe im Hafen. Sie haben es gekapert. Sie wollen fünfzig Millionen. Cash. Erst dann wollen sie mir verraten, ob meine Tochter noch lebt. Ich weiß, dass sie tot ist. Ich wusste es bereits vor Ihnen, Parnell. Doch sie wissen nicht, dass ich es weiß.«

Die Galle hatte das obere Halsende des Inspektors erreicht, er roch ihren ätzenden Duft, sie kratzte ihn am Gaumen. Er erinnerte sich an das Mädchen im Sand, wie sie sie verscharrt hatten, wie Haromi ein leises Gebet gesprochen hatte. Um ihr, nach ihrer Misshandlung, ihrer Tötung, ein kleines bisschen Würde zurückzugeben.

Er kannte sie nicht, aber er war sich sicher, sie hatte einen anderen Vater verdient.

»Die Verräter müssen sterben. Sie werden sie töten, Parnell. Sie werden auch selbst dabei umkommen. Sie und Ihre Kollegin.«

Er nickte mit dem Kopf nach hinten, in Richtung der Zimmerwand. In die Richtung, in der sich Haromis Zimmer befand.

»Sie ist bereits auf dem Weg zum Schiff. Ich habe sie dahin bringen lassen. Sie erwartet Sie dort.«

Wieder das unerträgliche Grinsen. Viel unerträglicher als der Geruch der Galle.

»Es gibt zwei Möglichkeiten, Parnell. Entweder Sie führen den Auftrag aus. Dann werden Sie als Held sterben. Dafür sorge ich. Oder …«

Der Mann lehnte sich nach vorn. Wie ein Vater, der seinem Sohn, den er beim Kiffen erwischt hat, ins Gewissen redet.

»Oder Sie sterben als Mörder.«

Er lehnte sich wieder zurück, schlug das eine Bein über das andere.

»Wie … wie wollen Sie …?«

Kent Jr. öffnete sein Sakko, griff in die Innentasche, holte ein Smartphone heraus.

Parnell erkannte es sofort.

Es war seins.

Der Mann griff erneut in die Tasche, er holte ein Portemonnaie heraus.

Es war Parnells Portemonnaie.

Der Mann griff ein drittes Mal in die Tasche. Er zog ein Stück Papier hervor, entfaltete es und ließ es auf den Boden schweben.

Es zeigte ein Stück Karte.

Parnell brauchte einige Sekunden, bis er das Kartenstück zuordnen konnte.

Es zeigte den Hafen von Dunedin.

Mit einem roten dicken Stift war ein Kreuz darauf gemalt.

Es musste die Lage des Schiffes mit Kents Männern kennzeichnen.

Der Mann nahm wieder das Handy in die Hand. Er tippte darauf herum, dann drehte er es zum Gesicht des Inspektors.

»Dieses Video befindet sich auf einer Cloud. Nur ich habe Zugriff auf diese Cloud. Ein Passwort, ein Klick und der Inhalt der Cloud wird an den *New Zealand Herald* verschickt.«

Parnell sah ein Standbild. Sein Gesicht, etwas verschwommen.

»Ich habe dich gefunden, bei meinem Rundgang durch die Kneipen. Mit meinen Leuten. Du hast mir alles von dir erzählt. Von deiner Karriere als Polizist, als Inspektor, dein Herzschmerz, deine Einsamkeit, dein Lebensüberdruss. Du warst ein leichtes Opfer, Parnell.«

Der Inspektor spürte, wie ihm die Tränen in die Augen schossen. Tränen des Zorns.

»Ich habe einige Männer losgeschickt, die Zeichen zu setzen. Im Zimmer meiner Tochter. In deinem Koffer. Am Pinguinstrand. Wir wussten längst, wer meine Tochter in der Hand hatte, wir wussten längst, dass sie tot war. Ich habe dem Barbesitzer Geld gegeben. Viel Geld. Und wir haben ihm gedroht, ihn totzuschlagen. Geld, viel Geld, und die Angst vor dem Tod, diese Kombination macht Menschen zu instinktgetriebenen Wesen. Wir haben dich betäubt, dir ein Serum eingeflößt, das dich willig machte, gefügig, wir haben dir gesagt, was du in die Kamera sagen solltest. Dann haben wir dich in dein Zimmer gebracht.«

Langsam, zitternd hob Parnell die Hand. Mit dem Zeigefinger berührte er den Pfeil zum Starten des Videos.

Der Lautsprecher des Smartphones knackste, ein Rauschen war zu hören, das verschwommene Bild bewegte sich, man sah, wie Parnell den Kopf hob. Mit glasigen Augen schaute er in die Kamera.

Sich selbst in die Augen.

Parnell sprach in klaren Worten, kein Lallen, kein Versprecher.

»Mein Name ist Frank Parnell ...

41

»... ich bin ... war Inspektor der Polizei von Auckland. Mordkommission. Ich bin das nicht mehr. Ich bin ein Mörder. Ich habe Marianna Casey betäubt, vergewaltigt und ermordet. Am Strand der Pinguine. Ich habe ihren Bauch aufgeschlitzt, ich habe ihr Blut in eine leere Plastikflasche gefüllt. Ich habe in einer Plastiktüte die Federn eines toten Pinguins gesammelt. Ich habe beides in ihrem Zimmer einer Backpacker-Herberge verteilt. Ich bin ein Künstler. Ein Künstler des Todes. In bin ein kranker Mensch. Eine kranke Seele. Helft mir. Sperrt mich ein. Tötet mich. Ich werde mehr Menschen töten. Ich muss sterben. Damit andere leben können.«

42

Kent Jr. zog das Handy zurück. Drehte es um, tippte darauf herum.

»Wir bringen dich zum Hafen.«

Seine Stimme klang ernst.

Er warf das Handy in Richtung des Inspektors.

Parnell war zu langsam, um zu reagieren. Das Gerät landete auf dem Bett.

Er schnappte danach.

Drückte auf den Bildschirm.

Eine eingegangene Nachricht.

Du wirst tun, was wir dir mitteilen.
Kent Jr. hatte sich erhoben.
Eine zweite Nachricht ploppte auf.
Los geht's!

43

Ich finde, die Stimmen des Pinguins *haben in der Vergangenheit einen ehrlichen Kampf für die Natur geführt. Auch gewaltsam, wenn nötig. Manchmal lässt sich das nicht vermeiden.*

Der dritte Tag

44

Doch das war meine Sicht von außen.

45

Von weit her war ein dumpfes Scheppern zu hören. Gleichmäßig, als würde jemand mit einem Hammer gegen Blech schlagen.

Noch im Dunkeln war Parnell an den Hafen gebracht worden. Nicht von Kent Jr. Der Milliardär war verschwunden. Drei Männer in einem schwarzen Jeep hatten ihn gefahren. Alle drei hatten schwarze Wollmasken über die Gesichter gezogen. Sie hatten kaum gesprochen.

In einer der hintersten, dunkelsten Ecken des Hafens hielten sie an. Dort stand bereits ein zweiter Jeep. Ebenso schwarz. Auch davor drei Männer, auch sie waren maskiert.

Da stand auch Haromi. Die Arme hinter dem Rücken gefesselt.

Ihre Haare hingen ihr strähnig ins Gesicht.

Parnell spürte die Fesseln an seinem Handgelenk. Sie schnitten ihm ins Fleisch.

Die Männer zerrten ihn aus dem Auto.

Sie sprachen kein Wort.

Auch Parnell und Haromi schwiegen. Nickten sich kurz zu, als sie sich sahen.

Die sechs vermummten Männer brachten die beiden über einen schmalen Weg zum Wasser hinunter, ein Gittertor öffnete sich quietschend, es schellte beim Zufallen. Sie gingen den Steg entlang.

Parnell schaute sich um. Irgendetwas stimmte nicht.

Am Steg ankerten nur Jachten. Mittelgroß. Wenn jemand auf der Jacht war, hätte er sie längst entdecken müssen. Alarm schlagen müssen.

Sie gelangten ans Ende des Stegs. Da schaukelte ein kleines Schlauchboot im schwarzen Wasser.

»Einsteigen!«, befahl eine Stimme.

Die Wellen klatschten gegen das Boot, Parnells Kopf wurde bei jeder Welle vor und zurück geworfen. So musste es sich anfühlen, wenn dir das Genick bricht, dachte er.

Haromi saß still auf dem Boden des Bootes.

Parnell konnte nicht erkennen, ob es ihr gut ging oder ob ihr speiübel war.

Sie fuhren ins Dunkel des offenen Meeres hinaus. Hinter dem Küstenstreifen zog sich bereits eine helle Linie über den Wald und die Stadt. Die Sonne würde bald aufgehen.

Vor ihnen, am Horizont, zuckten Blitze, sie erhellten das Dunkelblau des Ozeans und das Schwarz der Wolken.

Nach etwa einer halben Stunde tauchten die Umrisse eines Schiffes auf. Keine Jacht. Ein Containerschiff. Ohne Ladung. Parnell fröstelte.

Der Ozean war dem Inspektor noch nie geheuer gewesen. Er war zwar ein guter Schwimmer, aber was ihm Angst bereitete, war die Tiefe. Die Grenzenlosigkeit. Parnell hatte einmal halb besoffen in einer TV-Sendung gesehen, dass Babys sich nach der Geburt beim ersten Waschen in der kleinen Plastikbadewanne strecken. Das war ihm im Gedächtnis geblieben, und es wunderte ihn, dass es ihm nun wieder einfiel.

Babys strecken sich, sagte der Experte im Fernsehen, weil sie die Grenzen suchen, um zu spüren, wo das Wasser aufhört. Die Grenzen, die sie aus dem Mutterbauch kennen.

Babys schreien beim ersten Waschen nicht etwa, weil ihnen das Wasser nicht behagt, sondern weil sie sich verloren fühlen. Die Grenzenlosigkeit ist der größte Schmerz, der Urschmerz, der dem Menschen widerfährt.

Größer als alles andere. Größer als die von der eigenen Mutter zugefügten Schmerzen.

Er fühlte sich gerade wie ein Baby beim ersten Baden.

Sie näherten sich dem Frachtschiff, es schien sich aufzubäumen vor ihnen wie ein Riese aus grauem Metall, der aus den Untiefen schoss.

Parnell war unklar, wie sie es schaffen sollten, unentdeckt zu bleiben. Wenn die angeblichen Verräter des Milliardärs, die Mörder seiner Tochter, an Bord sein sollten und die Brücke besetzten, hätten sie auf dem Radar das kleine Motorboot längst entdeckt.

Sie hatten den Frachter nun beinahe erreicht, Parnell hörte bereits die Wellen gegen die Außenwand des Ungetüms klatschen.

Ploff, flopp, platsch, flopp, flopp …

Sie manövrierten das Boot zur Landseite des Schiffs, dort war das Wasser ruhiger.

Parnell erkannte eine Strickleiter, sie ragte vom Wasser zwei, drei, vielleicht auch fünf Meter in die Höhe.

Zu einer Luke.

Die Luke stand offen.

Die Männer packten zuerst Parnell am Oberarm.

Dann zogen sie Haromi in die Höhe.

Einer der Männer zeigte zur Strickleiter.

»Da hoch!«, befahl er.

Haromi sagte nichts.

Ein anderer Mann zückte ein Messer und schnitt Parnell die Fesseln durch. Dann Haromi.

Parnell legte Haromi einen Arm um die Schulter. Er nickte ihr zu.

Du schaffst das, sagte das Nicken.

Natürlich schaffe ich das, sagte ihr Blick.

»Und dann?«, wollte Parnell von den Männern wissen.

Keine Reaktion.

Er schrie gegen den Wind.

»Wenn wir drin sind, was dann?«

Er schaute in die dunklen, schwarzen Augen, die aus den Löchern der Maske starrten.

»Das Handy wird euch sagen, was zu tun ist.«

Parnell atmete einmal tief durch, dann fasste er mit der einen Hand den Strick, er fühlte sich rau und fest an, und setzte einen Fuß auf die Holzsprossen der Leiter. Sie waren rutschig, er spannte die Muskeln, zog sich hoch.

46

Das Pochen wurde lauter, es schien näher zu kommen. Parnell schaute ein letztes Mal zur Luke hinaus. Das Motorboot war längst im Schwarz des Meeres und der Wolken verschwunden. Die Blitze zuckten immer noch. Das Gewitter kam näher.

Er kramte in seiner Jackentasche, er ertastete das Handy.

Eine eingegangene SMS.

Parnell berührte das Briefsymbol. Das Fenster auf dem Display öffnete sich.

Gehen Sie nach links.

Er nickte mit dem Kopf in die Richtung, die ihnen über die Kurznachricht mitgeteilt worden war.

Er ging los, Haromi folgte ihm.

Ihre Schritte hallten auf dem Gitterboden. Der Wind war kalt. Parnell hatte keine Ahnung von Schiffen, er hatte keine Ahnung davon, in welchem Bereich dieses Containerschiffs sie sich gerade befanden. Er mochte solche Situationen nicht. Du musst die Umgebung kennen, wenn du das Spiel gewinnen willst. Es war ihm, als laufe er durch ein Labyrinth.

Sie liefen weiter. Langsam, vorsichtig.

Links des Flurs tauchten Türen auf. Sie liefen daran vorbei.

Sie kamen an eine Gabelung. Ein Weg führte weiter geradeaus, der andere nach rechts.

Sie stoppten, schauten sich kurz an, Haromi hob die Schultern.

Die beiden Wege sahen völlig gleich aus. Gitterboden. Weiß lackierte Wände.

Es war alles wie in einer Albtraumsequenz eines Science-Fiction-Films. Vielleicht von Stanley Kubrick oder von Duncan Jones.

Inspektor Parnell *to ground control.*

Er schaute aufs Handy. Kein Briefchen.

Sie gingen weiter, den Flur entlang.

Nach ein paar Schritten wurde das dumpfe Hämmern in der Ferne plötzlich schneller, wie eine Nähmaschine auf Speed, die plötzlich Fahrt aufnimmt, wie ein Motor, der es endlich schafft, Kraft zu schöpfen und die Räder des Gefährts zu bewegen.

Ein Ruck. Haromi wankte, Parnell hielt sie fest, dann dröhnte und wackelte plötzlich alles um sie herum. Wie bei einem Erdbeben.

Dann bewegte sich das Schiff.

Sie schauten sich fragend an.

Parnell sah Angst in Haromis Augen.

Er war sich sicher, sie sah ebenso Angst in seinen.

Ein leises Knattern kam näher. Wie das Rotorengeräusch eines Hubschraubers. Dann entfernte sich das Geräusch wieder.

Zwei weitere Flure führten nach links, dann endete der Flur, den sie entlanggegangen waren. Wieder eine Abzweigung nach links, immer noch kein Briefsymbol auf dem Handy, sie folgten dem Weg einige Schritte, dann eine Weggabelung.

Links oder rechts?

Sie warteten. Parnell hielt das Handy in der Hand.

Lautlos ploppte nach zwei Minuten eine Nachricht auf.

Rechts.

Nach etwa zweihundert Metern, Türen links und rechts, keine Abzweigungen, führte eine wacklige Treppe eine Etage tiefer.

Links.

Wieder ein paar hundert Meter, eine weitere Treppe.

Rechts.

Dieses Spiel wiederholte sich drei Mal.

Sie mussten im tiefsten Bauch des Containerschiffs angelangt sein, die Farbe der Wände war von Etage zu Etage schmutziger, vergilbter geworden. Nun waren sie schwarz.

Noch eine Treppe.

Wieder ein Briefchen.

Links. Fünfte Tür rechts.

Vor der Tür schauten sich Parnell und Haromi erneut in die Augen.

Da war immer noch Angst.

Gemischt mit Entschlossenheit.

Parnell drückte die Tür auf, Lärm und warme, stickige Luft drangen ihnen entgegen.

Sie gingen an großen Kesseln vorbei. Parnell legte die Hand auf einen der Kessel, er war heiß.

Mitten im Raum blieben sie stehen.

»Ist das der Maschinenraum?«, schrie Parnell.

Haromi zuckte mit den Schultern.

Parnell schaute wieder aufs Handy.

Briefchen.

Schließen Sie die Tür von innen.

Er wollte gerade zur Tür gehen, als ein zweites Briefchen einging.

13543.

»Eins, drei, fünf, vier, drei«, flüsterte Parnell.

Er verstand nicht.

Er war an der Tür angelangt.

Er hatte sie zugedrückt, verriegelt.

Als er sich umdrehte, starrte Haromi ihn an.

Als hätte sie ein Gespenst gesehen.

Ihre Augen waren aufgerissen, alle Farbe aus ihrem Gesicht gewichen.

Ihr Mund formte nur ein Wort.

Parnell konnte es nicht hören, aber von den Lippen ablesen.

Da.

Sie deutete nach links.

An einem der Kessel war eine Digitalanzeige angebracht.

Sie war mit einem Klebeband befestigt.

Ein dünnes Kabel ragte heraus.

Es führte den Kessel hinab, teilte sich wieder und wieder, wie ein Straßennetz. Jedes einzelne dünne Kabel mündete in einer Sprengstoffstange.

Dynamit oder Glyzerin.

Es mussten mehrere Dutzend sein.

Parnell spürte, wie ihm am ganzen Körper kalter Schweiß ausbrach.

Er begann zu frieren, seine Zähne klapperten.

Er ging drei Schritte auf die Digitalanzeige zu.

Sie zeigte fünf Unterstriche.

Sonst nichts.

Parnell schaute wieder aufs Handy.

13543.

Seine Finger zitterten.

Er drückte auf die Eins.

Er schaute auf das Display der Digitalanzeige.

Dort war der erste Unterstrich einer Eins gewichen.

Ein kleines Lämpchen war angegangen.

Es blinkte grün.

47

»Frank …«

Parnell hatte den Finger immer noch am Handy. Er fühlte eine ihm bislang unbekannte Kraft in seinem Finger. Die Kraft wollte, dass er die restlichen Zahlen eintippte.

3543.

Dann wäre alles vorbei. Parnell fragte sich, was ihn dazu trieb.

Die Müdigkeit? Die Verzweiflung? Die Hoffnung, Kent Jr. würde Wort halten und sein Name würde ehrenhaft in die Polizeigeschichte Neuseelands eingehen?

Er schaute zu Haromi. Er schaute in ihre ängstlichen und doch entschlossenen Augen. Er schämte sich dafür, sie gestern vor dem Schlafengehen begehrt zu haben.

»Frank …«

»Das sind Mörder, Haromi.«

Parnells Lippen sprachen, sein Kopf dachte anders.

»Sie haben es nicht anders verdient.«

»Frank …«

Ihr Blick fragte: Was hast du bloß in den vergangenen Stunden, Tagen mitgemacht, dass du auch nur eine Sekunde darüber nachdenkst, dem hier ein Ende zu setzen? Wie sehr können schreckliche Erlebnisse, Manipulationen einen Menschen in kurzer Zeit zu einem vom Instinkt getriebenen Tier machen?

Sie wünschte sich den alten, zynischen, versoffenen, ehrlichen Frank zurück.

»Frank …«, sagte sie erneut, wie um ihn wachzurütteln.

»Was sollen wir tun, Haromi?«

Sie schloss kurz die Augen. Sie antwortete nicht.

Schließlich nickte er.

48

In einem Labyrinth folgst du mit der rechten Hand immer der Mauer, dann kommst du schließlich an den Ausgang. Das ist vielleicht nicht der schnellste, aber der sicherste Weg. Mathematisch gesehen. Logisch.

Ist das Labyrinth ein Schiff, hat es eine dritte Dimension. Gibt es nicht nur links oder rechts, gibt es auch ein Oben oder Unten, so gehe nach oben, dann kommst du irgendwann an Deck.

Das war kein mathematisches Regelwerk, das hatte Parnell sich so ausgedacht. Auf jedem Flur der suchende Blick nach einer Treppe, die weiter nach oben führte.

Er wusste ganz sicher, dass die Zahlen nicht alles sein konnten. Dass da irgendetwas anderes sein musste.

Gefühl? Liebe? Sinnlichkeit?

Die Wände wechselten von schwarz zu grau, zu schmutzig weiß, zu glänzend weiß.

Parnell war kein Mathematiker. Er konnte mit Mathematik nicht viel anfangen. Er wusste, vermutete, dass Zahlen die Welt zusammenhielten.

Er wusste nicht, die wievielte Tür es war, die er öffnete, als durch den schmalen Spalt kalte, frische Luft ins Innere drang.

Er drückte die schwere Tür auf, ließ Haromi zuerst nach draußen huschen, dann betrat er selbst das Deck. Er fror. Dicke Regentropfen platschten auf das Deck.

Das Schiff dröhnte, das Meer brüllte.

Er schaute sich um, um sich zu orientieren.

Er lief in Richtung Backbord, über Taue hinweg, er blickte in alle Richtungen. Nirgendwo war Land zu sehen.

Er winkte Haromi heran. Sie gingen in Richtung Brückenturm, der sich im hintersten Teil des Schiffes befand.

Von dort aus mussten sie längst gesehen worden sein.

49

Die Brücke schien leer. Auf den ersten Blick. Doch dann sah er etwas neben dem Gerätepult hervorlugen. Ein Stück eines Schuhs.

Parnell und Haromi schauten sich an. Parnell bedeutete ihr mit dem Kopf, links um das Pult herumzugehen.

Er sah vor sich zusammengekauert die Crew. Ihre Hände mit dicken, rauen Tauen gefesselt. Es musste sich um Kents ehemaliges Team handeln, das ihn erpresst hatte, das seine Tochter entführt und dann ermordet hatte. Das Team, das er mit Parnell und Haromi in die Luft sprengen wollte.

Er schaute einem Crewmitglied direkt in die Augen. Rothaariger Lockenkopf. Roter Siebentagebart. Sommersprossen im Gesicht. Holzfällerhemd. Er ließ den Blick über den Rest der Mannschaft schweifen. Sie erwiderten seinen Blick.

Doch etwas irritierte ihn an dieser Situation.

Als er kapierte, was es war, war es zu spät.

In den Augen der Gefesselten war keine Angst. Da war Entschlossenheit.

Er entdeckte ein Tau, lose, zerschnitten.

Es konnte noch nicht so lange her sein, dass sie es geschafft hatten, sich zu befreien.

Parnell schaute zu Haromi, sie blickte wie erstarrt zurück.

Jemand hielt ihr ein Messer an den Hals.

Ein Gesicht hinter ihrem.

Ein Grinsen.

50

Der Lärm. Die Sonne. Wie lange schon?

»Haromi?«

Parnell krächzte mehr, als dass er sprach.

Sie antwortete nicht.

Aber er spürte ihre Hände, ihren Rücken, ihren Atem.

Sie waren aneinandergefesselt. Rücken an Rücken. Auf der leeren Ladefläche des Schiffes.

Das Schiff steuerte herrenlos dem Horizont entgegen.

Die befreiten Männer und Frauen, die Verräter aus Kents Team, die Mörder seiner Tochter, hatten über Funk Kontakt zum Festland aufgenommen, dann den Bordfunk mit einer Feueraxt zerstückelt und zerstört. Schließlich hatten sie die Beiboote ins Wasser gelassen und waren von Bord gegangen. Hatten Parnell und Haromi ihrem Schicksal überlassen.

Haromi hatte sich gewehrt, um sich geschlagen. Geflucht, geschrien, sie wollte sich nicht wehrlos dem Todesschicksal hingeben. Es steckte noch so viel Leben in ihr, junges Leben.

Parnell war ganz ruhig geblieben. Das mochte vielleicht cool gewirkt haben. Es war aber eher Ausdruck seiner Resignation gewesen. Seiner Müdigkeit. Er konnte nicht mehr.

Der Inspektor spürte die feuchten Hände Haromis, er fuhr mit seinem Daumen über einen ihrer Finger.

War sie bei Bewusstsein?

Er blinzelte in die Sonne.

Ihm war, als hörte er Möwen kreischen.

Vielleicht halluzinierte er bereits.

Er hatte Durst. Nicht auf Whiskey. Auf Wasser.

Er spürte, wie seine Lippen verhärteten. Aufplatzten.

Er spürte die Stiche der Sonnenstrahlen auf der Stirn.

Er spürte die Kopfschmerzen hervorkriechen. Sie krabbelten den Rücken hoch, vor an die Schläfe.

13543.

Eins. Drei. Fünf. Vier. Drei.

Mist, hätte er nur diese verdammte Zahlenkombination eingetippt und alles in die Luft fliegen lassen.

51

Er wachte auf. Ruckartig. Er spürte sofort, dass sich die Kälte tief in sein Innerstes hineingefressen hatte.

Dunkelheit.

Kein Motorengeräusch mehr.

Nur der Wind, der übers Schiff pfiff. Wasser, das gegen das Schiff platschte.

War der Treibstoff ausgegangen?

Wie lange würde er diese Kälte wohl aushalten?

Ein Stöhnen.

»Haromi? Haromi, bist du wach? Lebst du?«

Das Berühren ihrer Finger. Kalt wie Eiswürfel.

Parnell schrie.

Er war sich nicht sicher, ob er auch nur einen Laut von

sich gegeben hatte. Ob er sich den Schrei nur eingebildet hatte.

Blick nach oben. Schmerz im Nacken.

Schwarzblaues Himmelszelt.

Die Sterne funkelten wie Diamanten.

Parnell hatte sich noch nie etwas aus Sternen gemacht. Nun rührten sie ihn zu Tränen. Oder waren das Tränen des Selbstmitleids?

Egal. Er ließ sie zu.

»Haromi?«

Er wimmerte.

Sie regte sich nicht.

Der Durst von der letzten Wachphase war verschwunden. War er schon zu schwach, um durstig zu sein?

Die auf den Rücken gebundenen Arme waren taub.

Der Hintern schmerzte, er hatte sich seit Stunden nicht gerührt.

Jetzt plötzlich spürte er, wie sehr seine Blase drückte. Noch nie hatte er solch einen Druck verspürt.

»Haromi ...«

Keine Antwort.

Wärme im Schoß. Er spürte, wie sich das Nass in die Fasern der Jeans fraß.

Schnell würde es erkalten. Das Frieren noch unerträglicher machen.

Er hoffte auf die Ohnmacht.

Er weinte wieder.

Vor Scham.

52

Es ist für mich schwierig, dieses Memo aufzunehmen.

Der vierte Tag

53

Wenn das in irgendjemandes Hände fällt, wird es sehr schwierig gewesen sein, es demjenigen überreicht zu haben.

54

Licht. Keine Kraft mehr, die Lider zu öffnen. Kälte. Orangerote Farbe unter den Lidern. Die Sonne musste direkt über ihnen stehen.

Schmerzen. Trockene Kehlen, als wäre das Fleisch aufgerissen.

Das Kreischen von Möwen.

Tasten. Waren das Haromis Finger oder kaltes Eisen, das er da berührte?

Er blinzelte. Noch einmal.

Blauer Himmel. Weiße Eisbrocken.

Eisberge? Halluzination. Zweifelsohne. Der Versuch, klare Gedanken zu fassen. Mögliches von Unmöglichem zu unterscheiden.

Eisberge. Möwen.

Der Wahnsinn, der sich immer weiter ins eigene Innere fraß.

Eisberge. Möwen.

Weg.

55

Die Gruppe der Stimmen basiert nicht auf Freiheit, sie basiert auf Angst, nach außen, aber auch nach innen. Auf Kontrolle von oben nach unten.

Der fünfte Tag

56

Ich habe ganz unten angefangen, ich bin immer noch ganz unten.

57

Ein Schütteln, wie aus weiter Ferne.

Eine Stimme. Unbekannt.

»Hallo, hören Sie mich?«

Wieder Schwarz.

Wieder Bewusstsein. Wieder die Stimme.

»Was ist mit ihr?«

»Puls. Sie scheint zu sich zu kommen.«

»Gib ihr Wasser!«

»Sind die beiden transportfähig?«

»Denke schon.«

Blinzeln. Teile eines Gesichts. Dickes Haar. Bart. Grau, weiß, schwarz.

Eine Nase. Rot. Kälterot.

Wieder Schwarz, wieder Blinzeln.

Gefühl der Steifheit, die eigenen Arme, die sich lösen, wie durch eine fremde Kraft gehoben werden.

»Kumpel, alles in Ordnung? Kumpel?«

Der Versuch, die Gesichtsmuskeln zu bewegen.

Der Schmerz, zu groß.

Der Kopf fällt nach hinten.

Das Spüren zweier Hände, zarter Finger, die den Kopf auffangen.

Blinzeln, Augen zu, noch einmal blinzeln.

Menschen, viele Menschen. Rettung. Feuchtes Nass an den Lippen.

»Nicht zu schnell, Kumpel. Langsam, kleine Schlucke, Kumpel.«

Versuch des Stammelns.

»Wer ... w... Haromi?«

»Ihrer Kollegin? Es geht ihr gut, Kumpel. Den Umständen entsprechend sehr gut.«

Erleichterung, neue Kraft. Woher auch immer.

Das Ziehen an den Armen, das Stützen, Gesichter, dicke Daunenjacken, Sonnenbrillen, das Blau des Himmels, das Schiff.

58

Er bricht uns. Er unterwirft uns. Er nimmt nur auf, wen er haben, brauchen kann. Er nimmt keine starken Individuen. Er nimmt nur schwache, folgsame. Ich war schwach, folgsam, ich bin es immer noch.

Der sechste Tag

59

Er kämpft seinen Kampf gegen die Welt, gegen sich selbst. Wir sind nicht mehr seine Mitstreiter. Wir sind seine geistigen Gefangenen. Wenn Sie das hören, wer immer Sie sind, helfen Sie uns.

60

»W… wo bin ich?«

»Du bist in Sicherheit, Frank.«

»Haromi?«

»Ja, Frank. Ich bin's.«

»Wie … wie lang?«

»Es ist alles gut, Frank. Ich habe dafür gesorgt, dass alles gut ist.«

»Was … wo …?«

»Du hast geschlafen, Frank. Tief geschlafen.«

Parnell öffnete die Augen. Er sah sich um. Er brauchte einige Sekunden, bis er erkannte, wo er sich befand. Er war in Pilz' Wohnzimmer. Der Fernseher, die kahlen Wände, die Tür, die zur Küche führte, die Tür, die in den Garten führte, ganz hinten der Schuppen mit dem Keller. Die Couch, auf der er saß.

Er und Haromi waren nicht allein. Auf Stühlen saßen Pilz und Walken. Die beiden Polizisten waren gefesselt. Neben Haromi standen zwei Männer. Parnell sah sie an, als wären sie Marsmenschen, als kämen sie aus einer längst vergangenen Zeit. Es waren zwei seiner langjährigen Kollegen aus dem Dezernat in Auckland.

Smith und Al.

Smith war ein Kollege aus der Abteilung. Treue Seele. Albert Keyes war Leiter des Drogendezernats. Guter, alter Kumpel.

Der fragende Blick zu Haromi reichte, um Antwort zu erhalten.

»Wir hatten Glück, Frank. Ein neuseeländisches Transportboot hat uns entdeckt. Uns angefunkt. Als keine Antwort kam, haben sie uns angesteuert. Uns beide an Bord des Schiffes vorgefunden. Sonst niemanden. Wi… wir sind abgetrieben. Weit nach Süden. Weit in Richtung Antarktis. Wir hätten nicht mehr lange überlebt. Wir wären verdurstet … oder … oder irgendwann am Eis zerschellt.«

Parnell schloss die Augen. Er konnte immer noch nicht so recht realisieren, was in den vergangenen Stunden, Tagen passiert war. Wie er hierhergelangt war.

»Du warst weg, Frank. Total dehydriert. Ich war schwach auf den Beinen, aber ich habe mich schnell erholt, zwei Stunden Schlaf und ich war wieder denkfähig. Die Crew hat das verlassene Schiff unter Kontrolle gebracht, geankert, ein paar Leute da zurückgelassen, einen Notfunk an den Hafen von Dunedin abgesetzt. Ein Krankenwagen sollte uns da abholen. Bevor sie auch die Polizei verständigen konnten, bat ich sie, einen Anruf tätigen zu dürfen. Ich habe Smith in Auckland erreicht. Er hat sofort Al verständigt. Ich habe Al gesagt, er solle keine Fragen stellen, er solle am Telefon dem Kapitän der Crew erklären, was Sache sei: dass es sich hier um eine geheime Mission handele. Dass er den Krankenhaus-Notruf sofort widerrufen soll. Dass er uns in den Hafen von Dunedin bringen soll. Dass wir dort erwartet würden. Dass er und die Crew stillschweigen sollen. Einige Tage lang. Dass das eine Frage der nationalen Sicherheit sei. Dann reichte ich dem Kapitän der Crew den Hörer weiter. Der Kapitän nickte. Oft. Al schickte ein offizielles Schreiben der Polizei von Auckland an das Schiffsfax. Der Kapitän tat, wie ihm geheißen. Es hat alles geklappt.«

Nun räusperte sich Smith.

»Wir sind sofort in den nächsten Flieger nach Dunedin gestiegen. Haben euch im Hafen abgefangen. Haromi bat uns, hierherzufahren. Wir haben die Typen ...«

Er nickte zu den gefesselten Männern hinüber.

»... aus dem Keller geholt. Du hast geschlafen, Frank. Wie ein Possum im Winterschlaf ...«

»Wir haben in der Zwischenzeit gearbeitet«, unterbrach ihn Haromi, »und haben Material zu Anton Kent Jr. zusammengesammelt. Gutes Material. Es bringt uns weiter.«

Der letzte Satz setzte neue Kraft in Parnell frei. Vielleicht hatte sein alter, geschundener Körper genau das gebraucht. Einen großen, langen Schlaf, Batterien auf null, jetzt neu aufgeladen.

Vielleicht war es auch die Vertrautheit der Gesichter um

ihn herum, die ihm neue Energie gab. Vertrautheit in diesen Tagen der Fremdheit, der Verlorenheit, in diesen Tagen, in denen er die Verrücktheit riskierte.

Er verspürte erstmals seit Tagen, seit Stunden, die Hoffnung, dies alles hier irgendwie zurückzulassen, irgendwie davonzukommen.

Er verspürte den festen Willen, die Sache hier aufzuklären, zu Ende zu bringen. Als Sieger hervorzugehen. Zumindest nicht als Besiegter.

Als guter Polizist. Er fühlte die Stärke in sich, dem Guten zum Sieg zu verhelfen.

Er setzte sich auf und fragte in die Runde:

»Was habt ihr?«

Haromi kramte in ihren Unterlagen und holte eine Mappe mit fotokopierten Zetteln hervor.

Sie schob sie Parnell hin. Er blätterte darin. Obenauf lagen einige Zeitungsartikel.

Anton Kent Jr. auf der Liste der reichsten Australier auf Platz ...

Kein Foto.

Anton Kent Jr. spendet hundert Weihnachtsbäume in Australien und Neuseeland ...

Darunter ein Foto.

Parnell scannte die Gesichter.

Ganz links stand ein dicklicher Mann mit grauen Haaren und grauem Bart.

Der Bürgermeister, vermutete er.

Daneben stand eine ältere Frau, Strickpulli, neben ihr ein Mann um die vierzig, Sommersprossen, orangerotes Haar, Bart, Lederjacke, Holzfällerhemd.

Irgendwoher kam ihm dieses Gesicht bekannt vor. Er kam nicht darauf.

Ein junges Mädchen rundete die Reihe ab. Sie trug eine Plakette. Parnell konnte darauf den Namen des Milliardärs entziffern.

Er erstarrte. Legte den Zeitungsausschnitt hin.

Er spürte, wie eine plötzliche Kälte ihn lähmte, nicht nur die Zunge, die Arme, die Finger, auch die Gedanken.

Das logische Denkvermögen.

»Wo ... wo ist er?«

»Wo ist wer?«, fragte Haromi.

»Kent Jr. ist nicht auf dem Bild. Er muss doch auf dem Bild sein. Er hat die Bäume doch gespendet.«

»Hm.« Haromi zog den Ausschnitt näher zu sich heran.

Parnell ärgerte sich kurz über seine Dummheit. Er hätte auch gleich die Bildunterschrift lesen können.

»Da, da ist er ja.«

Sie zeigte auf das Gesicht des Rothaarigen mit den Sommersprossen und fuhr dann mit dem Finger hinunter auf die Bildunterschrift.

Sie flüsterte.

»A. Kent Jr., großzügiger Spender.«

Parnell versuchte, seine Zunge zu lösen, doch sie war wie aus Stein. Nur langsam schien sie aus ihrer Starre zu erwachen.

»D… das, das kann nicht sein.«

Er stützte sich auf den Tisch. Er spürte, wie sich alles um ihn herum drehte.

Haromi legte ihm die Hand auf die Schultern.

Auch alle anderen im Raum schauten ihn mit großen, fragenden Augen an.

Parnell hielt den Zeitungsausschnitt in der Hand.

Er tippte wie wahnsinnig auf das Bild.

»D… das ist Kent?«, fragte er ungläubig.

Ein Kopfnicken der beiden Polizisten aus Dunedin.

Haromi beugte sich zu Parnell vor.

»Frank, was ist? Ich verstehe nicht. Du hast Kent doch gesehen in der Nacht im The Forest. Du musst doch wissen, wie er aussieht.«

Wieder kostete es ihn alle Kraft, die Zunge zu bewegen, Worte zu formen.

»Ja … ich dachte, ich wüsste, wer er ist. Aber das hier … das ist nicht der Mann, der in meinem Zimmer war …«

Er schaute irritiert in die Runde.

»Der Mann in meinem Zimmer war ein anderer.«

Dann fiel ihm ein, woher er das Gesicht des Rothaarigen kannte. Er hatte ihn auf der Brücke des Frachters gesehen. Er war einer der Männer, die Kent verraten hatten. So hatte er geglaubt. Doch in Wirklichkeit war alles anders.

Der Rothaarige war Kent?

Doch wer war dann dieser Mann gewesen, der ihn und Haromi nachts aus dem The Forest geholt und sie aufs Schiff geschickt hatte, um Anton Kent Jr. und die Crew in die Luft zu sprengen?

61

Parnell schaute jedem Einzelnen in die Augen. Ihm war die Deutungshoheit in diesem Fall entglitten. Eigentlich hatte er sie nie besessen. Er hatte noch nicht einmal die Hoheit darüber, in welche Richtung die Ermittlungen liefen. Er schwamm in einem großen, wilden Fluss, der ihn voranpeitschte. Er musste sich treiben lassen, immer wieder drückten Strudel ihn unter Wasser, immer wieder kämpfte er sich mit aller Kraft hervor, spuckte Wasser aus, atmete tief ein, und an der Wasseroberfläche war nichts mehr wie zuvor.

Wie lange reichte die Kraft, um sich aus den Untiefen eines Flusses empor an die Luft zu kämpfen?

»Wenn der Mann in deinem Zimmer nicht Kent Jr. war ...«

Parnell hörte Haromis Stimme wie aus weiter Ferne.

»... wer war es dann? Und wer waren die Männer, die uns zum Schiff gebracht haben?«

Parnell blätterte gedankenverloren in den Unterlagen, die ihm Haromi zuvor gereicht hatte.

Immer wieder tauchte das Konterfei des rothaarigen Milliardärs auf.

Er blätterte weiter. Seine Finger waren schneller von der Schockstarre aufgetaut als seine Gedanken.

Stopp. Zurück. Da war doch ...

Ein Hoffnungsschimmer, als er das Foto entdeckte. Ein Passfoto. Der Blick direkt in die Kamera. Daneben die Aufnahme einer Villa.

Er las die Überschrift.

Villa des Multimilliardärs im Visier

Parnell überflog den ersten Absatz.

... Villa des Milliardärs Anton Kent Jr. von Farbattacken beschädigt. Vergangene Nacht ...

Wieder der Blick zum Passfoto.

»Da.«

Alle traten einen Schritt näher. Auch die beiden Polizisten aus Dunedin reckten die Hälse.

Das Foto musste einige Jahre alt sein. Die Augen des Mannes waren jünger, keine Falten, die Haut glatt, ungegerbt.

Aber er war es, kein Zweifel. Gleiches schmales, weißes Gesicht. Gleiche Frisur. Schwarze Haare. Leicht gewellt. Nach hinten gekämmt. Hornbrille.

»Da... das war der Mann in meinem Zimmer. Wer ... wer ist das?«

Er hob den Zeitungsausschnitt hoch.

62

Walken räusperte sich.

»Ich weiß, wer dieser Mann ist.«

Parnell trat einen Schritt an ihn heran. Er musterte sein Gesicht. Er musste, wollte ihm vertrauen.

Er schaute ihm tief in die Augen. Nickte.

»Nicht weit vom Strand der Pinguine gibt es eine Menschenkolonie. Naturschützer. Keine Hippies oder so. Richtig engagierte, kampferprobte Leute. Greenpeace-Style. Sie nennen sich *Die Stimmen des Pinguins.* Ihren Anführer nennen alle nur Mr Pinguin. In Wirklichkeit heißt der Mann Clark McPettington. Geboren und aufgewachsen hier in Dunedin, schottische Vorfahren. Die Gruppe arbeitet effizient. Asymmetrische Kriegsführung. Sie haben vor einigen Jahren aber auch schon mal einen ganzen Stadtteil von Dunedin besetzt. Siebzehn Häuser, die abgerissen werden sollten. Die Gruppe ist nicht groß, aber sie ist straff organisiert. Sie leben alle in Hütten am Waldrand, nicht weit davon ist ein Fluss, die Hütten sind aus Holz, keine Baracken, alles tipptopp. In den vergangenen Jahren geriet die Gruppe auch immer wieder mit Kent Jr. in Konflikt, der immer wieder in den Tourismus in Neuseeland investierte. Dann, vor einigen Jahren, hatte McPettingtons Sohn einen Unfall. Der Kleine muss damals acht gewesen sein. Die Umstände sind ungeklärt. Er wurde auf der Landstraße am Straßenrand gefunden. Er war wohl von einem Auto angefahren worden. Fahrerflucht. Seitdem sitzt er im Rollstuhl.«

Pilz nickte bestätigend.

»Seitdem hat man von der Gruppe nichts mehr gehört. Es heißt, sie hätten sich zurückgezogen. Den Kampf aufgegeben. Es gab Gerüchte, Mr. Pinguin würde seine Leute zunehmend wie in einer Sekte um sich scharen. Aber es blieb immer nur bei Gerüchten. Nichts Illegales. Keine Anzeigen. Hier bei uns in Dunedin hat jeder die Freiheit so zu leben, wir er will, auch zurückgezogen im Wald. Auch sektenhaft.«

Parnell schloss kurz die Augen. Er ging in Gedanken alles noch mal durch, er drehte und wendete jedes Wort. War das alles wichtig oder verstopfte es nur die Klarheit anderer Kanäle?

Er schnappte sich einen Zettel, der auf dem Tisch lag, kritzelte ein paar Buchstaben darauf. Dann Ziffern.

MSDC 23

»Das ist der Name des Containerschiffes, auf dem wir waren.«

Er drückte den Zettel Smith in die Hand.

»Finde alles über das Schiff heraus.«

Smith nickte.

»Ich muss da hin. Ich muss zu dieser Gruppe, wir müssen diesen Mr. Pinguin finden. Clark McPettington. Wir müssen in den Wald.«

Er schaute zu seinen Kollegen.

Er sah Vertrauen.

Vertrauen und Entschlossenheit.

63

Parnell liebte die Dämmerung. Wenn der Tag noch nicht zu Ende war, die Nacht noch nicht angebrochen. Wenn die beiden noch miteinander rangen. Jeden Tag aufs Neue.

Er liebte den Duft des Waldes bei Regen. Schwere lag in der feuchten Luft, er musste nur den Mund öffnen, um die Feuchtigkeit ins Innere seines Körpers zu saugen.

Vor wenigen Stunden noch hatte er mit dem Tod gerungen. Nun war ihm, als habe er sich noch nie so gesund gefühlt. Und das fühlte sich gut an. Normalerweise, wenn er von gesunden Menschen umgeben war, die von ihren Low-carb-Diäten und ihren Fitnessplänen erzählten, sehnte er sich umso mehr nach Whiskey und Zigaretten.

Er war allein rausgefahren. Haromi, Smith und Al hatten sich in einem anderen Backpacker-Hostel einquartiert. Haromi hatte ihm ein Polizeihandy mitgegeben. Die beiden Polizisten aus Dunedin hatten sie erneut in den Keller gesperrt.

Parnell hatte sich auf einem Blatt Papier aufzeichnen lassen, wo auf der Otago-Halbinsel sich das Camp der Naturschützer befand. Nun lag er auf einer kleinen Anhöhe im Wald und blickte auf die Blockhütten der *Stimmen des Pinguins.*

Der Regen trommelte auf die Dächer herab.

Die Blätter der Mischwaldkronen über ihm hielten das Nass von ihm fern. Aus den Schornsteinen der Hütten qualmte Rauch, die meisten der Fenster waren hell erleuchtet.

Parnell fror, er spürte, wie die Feuchtigkeit unter seinen

Pullover kroch. Er kramte in seiner Jacke, zog einen Feldstecher hervor, den er sich aus Pilz' Wohnung mitgenommen hatte. Er stellte ihn scharf, guckte von Fenster zu Fenster. Menschen saßen an Tischen, standen an Küchenzeilen. Sie kochten, sie spülten, sie aßen. Ganz normaler Alltagswahnsinn.

Er stand direkt am Fenster. Er starrte hinaus. Parnell fuhr erschrocken zurück. Er ließ den Feldstecher kurz sinken.

Nach einer Schrecksekunde hielt er sich den Feldstecher wieder vors Gesicht und zoomte den Mann näher ran.

Er stand immer noch am Fenster. Doch starrte er nicht mehr in seine Richtung. Er starrte ins Leere. In den dunklen Regen hinaus.

Das Licht des Wohnzimmers ließ seine blasse Haut, seine eingefallenen Wangen gelb erscheinen, seine schwarzen zurückgekämmten Haare glänzten. Sein Blick schien traurig. Müde.

Der Junge im Rollstuhl hinter ihm hatte den Kopf gesenkt. Dunkelbraunes Haar verdeckte das Gesicht. Er schien nachzudenken. Oder zu schlafen.

64

Das Meer rauschte. Parnell stand auf der Düne und schaute in die Richtung, wo das Zelt der Dokumentarfilmer gestanden hatte. Er wurde das Gefühl nicht los, beobachtet zu werden.

Er blickte auf die Stelle, an der sie das Mädchen begraben hatten. Der Regen hatte den Sand dunkelbraun gefärbt.

Nachdem er Clark McPettington in dessen Hütte gesehen hatte, dachte er kurz über die nächsten Schritte nach. Sollte er die anderen informieren? Zugreifen? Ohne Haftbefehl? Auf welcher Grundlage? Nein, das hätte keinen Sinn ergeben. Er hätte eine Einzelaktion starten können. Aber er hatte sich fest vorgenommen, diese Sache nun im Team zu Ende bringen. Mr. Pinguin und seine Truppe mussten warten.

Der Regen tropfte ihm von der Stirn, er hatte die Haare zu schweren Strähnen geformt, hatte sich in seine Kleidung gefressen, sich auf der Haut mit dem Schweiß vermischt.

Dort, wo sie das Mädchen begraben hatten, hatte sich eine Grube mit Wasser gefüllt.

Parnell machte ein paar Schritte die Düne hinab, er stürzte, überschlug sich, landete am unteren Ende des Hügels. Er hatte Sand in den Haaren, im Gesicht, auf der Jacke, der Jeans. Er drehte sich um. Er krabbelte auf allen vieren. Er krabbelte zu der Grube hinüber.

Er krempelte die Ärmel zurück, hielt inne, schmunzelte über diese Sinnlosigkeit. Einen vom Regen durchtränkten Ärmel vor Grubenwasser zu schützen.

Dann fuhr er mit dem Arm in die Grube hinein. Er tastete ins Leere. Er beugte sich weiter nach vorn, sodass er beinahe mit der Nasenspitze die Wasseroberfläche berührte.

Neben ihm platschten die dicken Regentropfen auf die Oberfläche, sie formten breite Löcher, die Löcher formten Wellen, die von klein zu groß nach außen drangen, aufeinanderprallten.

Er schaffte es nicht, mit den Fingerspitzen bis ganz ans untere Ende des Lochs zu gelangen.

Er beugte sich noch weiter nach vorn, wartete, bis das Übergewicht sich auf den vorderen Teil seines Körpers verlagern würde, er ließ es geschehen, er fiel ins Loch, die Augen fest geschlossen. Er ließ sich in die Tiefe gleiten, landete sanft im Sandbecken, er tauchte nach oben. Atmete tief ein, öffnete die Augen, da war nichts, keine Leiche, das Loch war leer, sie mussten das Mädchen geholt haben, der Pinguin und seine Sekte – oder ihr Vater.

Er kletterte aus dem Loch, krabbelte auf allen vieren wieder die Düne hoch.

Er überlegte nicht lange.

Er lief über die Dünen. Immer schneller, es schmiss ihn hin, er stand wieder auf, stolperte an einem der Pinguinnester vorbei.

Das Meer war rau. Die Brandung toste. Kurz blieb er stehen, drehte sich um, er schaute auf das Türkis, die weiße Gischt, die an Land gespuckt wurde.

Er hörte das Kreischen der Pinguine. Sie kreischten feindselig.

Parnell stolperte weiter.

Nach einer Weile hatte er die Holzbaracke erreicht.

Etwas hatte ihn hierhergezogen. Vielleicht die Ahnung, von hier aus die ganze Zeit beobachtet worden zu sein. Er schaute sich auf dem Boden der Bretterbude um. Nichts. Kein Zeichen, das darauf hindeutete, dass jemand kürzlich hier gewesen war. Nur Sand. Möwenkacke.

Er setzte sich hin. Schaute auf die Kritzeleien.

Penisse.

Smileys.

Ein Anarchie-A.

Peggy. Sue. Falk. Marty.

7. Januar 2013. 12. Dezember 2012. 1. April 2017. 24. Februar 2014.

Ein Strichmännchen. Ein Messer. Drei Punkte, die Blut symbolisierten.

Parnell war hier.

Seine Augen wanderten weiter.

Ein Pfeil. Eine Nummer. Mit schwarzem Stift aufs Holz gemalt.

Er robbte näher ran, fuhr mit dem Zeigefinger über das Schwarz, verwischte es. Die Farbe des Stifts war noch frisch.

Er flüsterte.

»+64 332 …«

Eine Telefonnummer.

Er sprang auf, blickte um sich. Zum Strand, zu den Dünen. Niemand zu sehen. Und doch musste ihn jemand verfolgt haben. Ihn beobachtet haben. Ihm dieses Zeichen gesetzt haben. Die Nummer. Sie musste vor einer Minute, zwei vielleicht, da hingeschrieben worden sein. Sonst wäre die Farbe längst vollends getrocknet. Sie musste für ihn da hingeschrieben worden sein. Dessen war er sich sicher. Er vergrub die Hand in die nasse Lederjacke, zog das Handy heraus, das Haromi ihm mitgegeben hatte.

Mit zittrigen Fingern tippte er die Nummer ein.

Freizeichen.

Er wunderte sich über den Empfang.

Warten.

Knacksen.

Besetztzeichen.

Er nahm das Handy vom Ohr.

Er starrte es an. Hatte da soeben jemand abgehoben und wieder aufgelegt?

Er wollte auf die Wiederholungstaste drücken, da gab das Gerät einen kurzen schrillen Signalton ab.

Eingehende SMS.

Er drückte auf das Symbol.

Es öffnete sich.

Hilfe!

Eine zweite SMS.

Bitte lassen Sie uns treffen!

Eine dritte.

Zehn Uhr, heute Abend. Am Pinguinstrand.

65

Der Abendhimmel war nun wolkenlos. Sternenklar. Die Wellen rauschten sanft.

Parnell hatte, während er auf das Treffen wartete, die Stunden in der Holzbaracke totgeschlagen. Er hatte die Zeit damit verbracht, gegen die Müdigkeit anzukämpfen, er war trotzdem eingenickt.

Nun lief er den Strand auf und ab. Er schaute hoch in die Dünen, nichts rührte sich, die Pinguine schliefen wohl.

Er guckte hoch zum Mond. Und vor seinem inneren Auge tauchte das Bild auf, wie Captain Ahab auf seiner Terrasse das Geländer umschlich und zu genau diesem Mond hochjaulte.

Plötzlich sah er eine Gestalt in der Ferne. Sie musste aus den Dünen gekommen sein.

Aus der Distanz ließ sich schwer feststellen, ob es ein Mann oder eine Frau war. Die Gestalt musste etwa dreißig Meter von ihm entfernt sein.

Sie stand da, reglos.

Hatte ihn die Gestalt bemerkt?

Er hob die Hand und hielt sie gestreckt nach oben.

Die Gestalt tat es ihm gleich, dann drehte sie sich um und ging davon.

Parnells Augen verfolgten sie. Erst als sie hinter der letzten Düne verschwunden war, ging auch er los.

Dort, wo die Gestalt im Sand gestanden hatte, lag etwas.

Ein Paket.

66

Es war kurz vor Mitternacht. Parnell hatte sich diesen Laden nicht ausgesucht, genau deshalb fand er ihn perfekt. Auch wenn der Geruch abscheulich war. Haromi saß ihm gegenüber.

Parnell hasste Curry. Er hasste indisches Essen, weil es ihm schwer im Magen lag, aber noch viel mehr, weil der Küchengeruch danach schwer in der Kleidung hing, selbst mit einem Waschgang kaum rauszukriegen war.

Nun aber war er zu konzentriert, um den Geruch überhaupt wahrzunehmen.

Parnell und Haromi schauten sich in die Augen.

»Was ist das?«

Ihre Stimme klang mehr ängstlich als neugierig.

»Jemand hat es mir gegeben.«

Er wusste, sie würde nicht weiter nachfragen.

Kurz schauten sie sich verstohlen um.

Dann öffnete er den Deckel des Kartons und schaute hinein, griff hinein, holte den Inhalt hervor.

Ein Aufnahmegerät.

Sie beugten sich beide nach vorn. Begutachteten es. Ein etwas älteres Modell.

Parnell drehte und wendete es. Er schob den Schalter auf On.

Ein grünes Licht ging an.

Er drückte auf Play.

Knistern.

Dann eine zarte weibliche Stimme.

Äh, hallo, mein Name ist Mary. Ich … ich weiß nicht, ob das jemals jemand hören wird. Aber einen Versuch ist es wert.

Kurzer Augenkontakt, erneutes kurzes Sich-Umschauen. Parnell drehte am Gerät. Er stellte den Ton etwas lauter. Am Eingang des indischen Restaurants dudelte ein Radio. Außer ihnen beiden war niemand im Lokal. Der Besitzer war irgendwo in ein Hinterzimmer verschwunden. Sie beugten sich wieder nach vorn.

Ich bin 24. Ich bin vor etwa fünf Jahren den Stimmen des Pinguins *beigetreten. Aus Idealismus. Ich komme aus Christchurch. Ich finde es nicht richtig, wie der Mensch mit der Natur umgeht, aus Profitgier. Ich finde, die* Stimmen des Pinguins *haben in der Vergangenheit einen ehrlichen Kampf für die Natur geführt. Auch gewaltsam, wenn nötig. Manchmal lässt sich das nicht vermeiden. Doch das war meine Sicht von außen. Als ich der Gruppe beigetreten war, als ich Teil der* Stimmen *wurde, hat sich mir ein anderes Bild offenbart. Es ist für mich schwierig, dieses Memo aufzunehmen. Wenn das in irgendjemandes Hände fällt, wird es nur sehr schwierig gewesen sein, es demjenigen überreicht zu haben. Die Gruppe der* Stimmen *basiert nicht auf Freiheit, sie basiert auf Angst, nach außen, aber auch nach innen. Auf Kontrolle von oben nach unten. Ich habe ganz unten angefangen, ich bin immer noch ganz unten. Mr Pinguin, Clark, ist der charismatische Leader, aber Charisma allein reicht ihm nicht. Er bricht uns. Er unterwirft uns. Er nimmt nur auf, wen er haben, brauchen kann. Er nimmt keine starken Individuen. Er nimmt nur schwache, folgsame. Ich war schwach, folgsam, ich bin es immer noch.*

Schluchzen, tiefes Einatmen, Ausatmen.

Seit dem Unfall seines Sohnes kämpft Clark keinen Kampf für die Natur mehr. Er kämpft seinen Kampf gegen die Welt, gegen sich selbst. Wir sind nicht mehr seine Mitstreiter. Er ist über-

zeugt, dass der australische Millardär Clark Kent Jr. seinen Sohn zum Krüppel gemacht hat. Wir sind seine geistigen Gefangenen. Wenn Sie das hören, wer immer Sie sind, helfen Sie uns.

Wieder knackste und krachte das Band. Dann war es zu Ende. Jetzt erst nahm Parnell die Geräusche und Gerüche um ihn herum wieder wahr. Er wollte hier raus. Als er sich erhob, packte Haromi ihn am Unterarm und legte eine Mappe auf den Tisch.

»Ich habe auch Neuigkeiten.«

Sie öffnete die Mappe.

»Ich habe lange recherchiert. Kollegen von der Marine und aus dem Polizeiarchiv in Auckland waren mir behilflich. Das Schiff, auf dem wir waren, Frank. Ich habe es gefunden. Es ist ein Schiff, das vor Jahren regelmäßig Stationen auf der Antarktis ansteuerte. Auch die Zucchelli-Station.«

»Was für eine Station?«

»Zucchelli. Die Mario-Zucchelli-Station. Das ist eine Verpflegungs- und Forschungsstation am Rande der Antarktis.«

Sie zeigte zum Fenster des indischen Restaurants hinaus. In Richtung Hafen.

»Sie wird heute kaum noch benutzt. Zeitweise ist sie verwaist, zeitweise sind nur ein oder zwei Forscher vor Ort.«

Parnell schien in Gedanken versunken.

»Frank, McPettington, Mr Pinguin, hat in jungen Jahren dort als Forschungsgehilfe gearbeitet, zwei Jahre lang. Das geht aus den Unterlagen hervor.«

Immer noch schien der Inspektor nicht aus seinen Gedanken erwacht zu sein.

»Und ich habe das hier, Frank. Smith und Al sind darauf gestoßen. Sie haben es von der Umweltabteilung. Wir haben es uns aus Auckland schicken lassen.«

Sie nahm ein Blatt, breitete es aus.

Parnell erkannte darauf vier größere Rechtecke und mehrere Dutzend kleinere Kreise.

»Das sind Kents Pläne für die Zucchelli-Station. Er will dort, am Rande der Antarktis, ein Urlaubsziel für Superreiche errichten. *White Dreams.* Mit jeglichem vorstellbaren Luxus. Saunalandschaft, Ausflüge ins Landesinnere mit dem Helikopter, Sternerestaurant.«

Parnell schaute ihr tief und ernst in die Augen.

»Das bekommt er doch bei Umweltbehörden nie …«

»Geld. Er zahlt viel Geld dafür.«

Der Inspektor nickte.

»McPettington kämpft gegen diese Pläne, aber in Wahrheit ist dieser Kampf nur ein Vorwand, um sein eigentliches Ziel zu erreichen. Er will Kents Kopf. Er will ihn leiden sehen für den Rest seines Lebens. Er ist überzeugt, der Milliardär hat seinen Sohn vorsätzlich zum Krüppel gefahren, um ihn kleinzukriegen, um ihn zum Schweigen zu zwingen. Das ist nicht gelungen. Mr Pinguin will Kent zerstören, mit allen Mitteln. Legal oder illegal, egal.«

»Er hat Kents Tochter getötet.«

Haromi schien selbst erschrocken über ihre Worte.

»Und *er* wollte, dass wir beide Kent und einen Teil seiner Crew töten. Sie und uns mit dem Schiff in die Luft sprengen. Alles sollte so aussehen, als hätte Kent selbst sich und die anderen getötet.«

Haromi nickte. Parnell atmete ein letztes Mal die currygeschwängerte Luft ein.

»Lass uns an die frische Luft gehen.«

»Ja, gehen wir raus.«

»Nein, ich meine, in die richtig frische Luft. Wir müssen noch einmal raus auf die Halbinsel, in den Wald. Trommel Smith und Al zusammen.«

67

Sie hatten vorgehabt, sich in zwei Gruppen an die Siedlung heranzuschleichen. Parnell mit Haromi und Smith mit Al. Parnell hatte beobachtet, dass sich nie mehr als zwei Menschen in einer Blockhütte aufhielten. Er und sein Team hatten Knebel dabei, Pistolen, Fesselseile. Sie wollten sich an die Bewohner der Hütten heranschleichen, sie nach und nach kampfunfähig machen, ruhigstellen und so bis zum Anführer vordringen.

Sie wollten warten, bis es dunkel wurde, doch als sie sich von der dicht bewaldeten Seite näherten, hatten sie ihren Plan geändert, weil sie etwas Ungewöhnliches beobachteten.

Es musste am Nachmittag geregnet haben. Der Boden auf der Halbinsel war matschig, glasklare Tropfen harrten auf den Blättern der Bäume, die Stämme waren von der Feuchtigkeit dunkel gefärbt.

Nur in wenigen Hütten brannte Licht. Bewegungslos standen dort einige Figuren. Es schien, als wäre die Zeit kurz stehen geblieben und käme nur ganz langsam wieder in Fahrt.

Im Schlamm steckte ein Rollstuhl, der kurz davor war, nach hinten umzukippen. Im Rollstuhl saß ein Junge. Parnell schätzte ihn auf sechzehn. Blonde kurze Haare, runde John-Lennon-Brille.

Der Junge starrte apathisch vor sich hin. Selbst aus der Ferne schien es Parnell, als könnte er dessen ozeanblaue Augen glitzern sehen.

Die Augen der andere starrten ins Leere. Wie tot.

»Was … was ist das?«

Haromi stammelte.

»Was ist mit denen?«

Auch Smiths Stimme zitterte.

Parnell blieb ganz ruhig.

»Sie sind allein. Sie irren herum. Er hat sie verlassen.«

68

Parnell hatte die anderen zurückgelassen. Er hatte auch seine Waffe zurückgelassen. Er suchte nicht den Schutz des Schattens. Er ging aufrecht und festen Schrittes auf die Mitte des Platzes zu.

Als der Inspektor an den Menschen eng vorbeilief, zuckten sie kurz, fauchten auf wie wilde Tiere, huschten zur Seite. Er erinnerte sich an die Worte auf dem Aufnahmegerät:

Die Gruppe der Stimmen *basiert nicht auf Freiheit, sie ba-*

siert auf Angst, nach außen, aber auch nach innen. Auf Kontrolle von oben nach unten …

Mr Pinguin, Clark ist der charismatische Leader, aber Charisma allein reicht ihm nicht. Er bricht uns. Er unterwirft uns. Er nimmt nur auf, wen er haben, brauchen kann. Er nimmt keine starken Individuen. Er nimmt nur schwache, folgsame …

Wir sind nicht mehr seine Mitstreiter. Wir sind seine geistigen Gefangenen.

Der Pinguin musste sie unter Drogen gesetzt oder hypnotisiert haben.

Parnell ging auf den Jungen im Rollstuhl zu. Er blickte ihm tief in die Augen, er sah, dass die Augen reagierten. Er ging um ihn herum, packte den Rollstuhl von hinten. Er richtete ihn auf, sodass er nicht mehr drohte umzustürzen.

»Danke«, sagte der Junge.

Diese Reaktion überraschte Parnell.

Er stellte sich wieder vor den Jungen.

»Ich suche deinen Vater.«

Parnell glaubte, ein flüchtiges Lächeln in dem Gesicht des Jungen zu sehen.

»Sie sind also der Mann, den er benutzt hat …«

Der Junge musterte Parnell von oben bis unten.

»Er hat mir von Ihnen erzählt. Ich war angeekelt und fasziniert zugleich von seinem Plan.«

Er machte eine Pause und deutete Parnells Schweigen richtig.

»Mein Vater hat Kents Familie beobachtet. Schon viele

Jahre. Auch seine Tochter Marianna, die genauso heißt wie ihre Mutter. Ihre Eltern sind geschieden. Marianna hat bei ihrer Mutter gelebt, sie hat das Sorgerecht. Das hat Kent nie verkraftet. Es ging ihm dabei nicht um seine Tochter, es ging ihm nur um das viele Geld, das er monatlich überweisen musste. Als mein Vater erfahren hat, dass Marianna mit dem Rucksack durch Neuseeland reist, genau in der Zeit, als sich Kents Südpolpläne konkretisiert hatten, war sein Wahnsinn nicht mehr aufzuhalten. Während Marianna hier unten in Dunedin war, hat er sie entführt. Er wollte Kent zwingen, die Zucchelli-Pläne zu verwerfen, und er wollte aus ihm das Geständnis herauspressen, mich absichtlich überfahren zu haben …«

Der Junge schluchzte kurz auf.

»Aber dann, vor wenigen Tagen, ist es passiert. Marianna konnte fliehen. Unsere Leute haben sie gesucht, eine Nacht und einen Tag lang. Sie ist wohl über die Halbinsel geirrt. Unsere Leute sind bei ihrer Suche auf zwei zeltende Männer am Strand gestoßen, doch da war sie nicht.«

Parnell schwieg. Er sagte nichts davon, dass er die beiden Männer kannte. Der Junge fuhr fort.

»Schließlich konnten unsere Leute sie in den Wäldern am Pinguinstrand wieder einfangen. Sie war zu Tode erschöpft. Einer hat sie geschlagen, viel zu fest. Sie entkam erneut, lief um ihr Leben, dann schoss einer unserer Leute, traf sie. Sie starb. Mein Vater war außer sich, doch er hat sich und uns allen eingeredet, es sei ein Unfall gewesen.«

Parnell schwieg. Er hörte dem Jungen weiter zu.

»Er war nach dem Tod des Mädchens wie verwandelt, alle

Dämme schienen gebrochen. Er hatte einen Plan. In Ihnen hat er jemanden gefunden, den er für diesen Plan brauchte. Er hat plötzlich nur noch ein Ziel gehabt: Kent und seine engste Crew sollte sterben. Aber er wollte sich nicht selbst die Hände schmutzig machen, das hat er noch nie getan. Er wollte, dass Sie das machen. Sie waren ein Geschenk des Himmels. Nein, der Hölle. Sie hatte sich auch noch, wie ein Zeichen Gottes, in Mariannas Backpacker-Herberge eingemietet. Sie sollten Kent und seine Männer auslöschen, dafür hat er Sie mit irgendwelchen Tropfen willig gemacht. Er hat Sie mit Pinguinblut eingeschmiert, die Pinguinfedern überall verteilt ... Er hat gewusst, die Polizei würde irgendwann herausfinden, dass das alles nur inszeniert war, aber bis dahin war Zeit. Er hat diese Inszenierung gewollt. Er ist sich sicher gewesen, die Polizei von Dunedin bei diesem Spiel im Griff zu haben. Er kennt sie zu gut. Ihre provinzielle Dummheit. Und er kennt den Präsidenten. Er weiß, dass der Polizeipräsident, William Heller, Kent Jr. aus der Hand frisst. Er hat gewusst, dass Kent die Polizei auf jeden Fall aus der Sache raushalten will.«

Doch er hatte nicht daran gedacht, dass zwei Polizisten mit ihren rüden Methoden auf eigene Faust weiterermitteln, formulierte Parnell in Gedanken, während er der Erzählung des Jungen weiter folgte.

»Er hatte Sie verwirrt, Parnell, Sie gebrochen. Mit Gewalt, mit Psycho-Tricks. Daraufhin galt es, Sie gefügig zu machen. Er hat Sie stets beobachtet. Im Black Forest, ist er nachts in Ihr Zimmer gekommen, er hat Ihnen ein Angebot gemacht, das keines war, weil Sie keine Wahlmöglichkeit hatten, weil er Sie schlicht und einfach erpresst hat. Er spielte Ihnen vor, Kent zu sein. Er wollte, dass selbst Sie, der Sie durch die Aktion auch sterben sollten, ausschließlich in Kent das Böse sehen. Da Ihre Kollegin in die Quere kam, sollte auch sie mitmorden, mitsterben. Mein Vater hat noch einmal ein paar Leute zu den Männern am Strand geschickt, doch sie waren schon weg. Hals über Kopf geflohen, wie uns schien. Unsere Leute haben daraufhin alles verwüstet und die Leiche des Mädchens dort abgelegt. Es hätte alles beinahe geklappt, doch dann ist die Sache auf dem Schiff schief gelaufen. Kent konnte fliehen. Er verbarrikadiert sich auf der Station in der Antarktis.«

»Warum ist sich Ihr Vater so sicher, dass Kent Sie zum Krüppel ...«, fragte Parnell.

»Ich denke, er will einfach, dass es so ist. Bevor mir das hier passierte ...«

Der Junge klopfte auf den Stuhl.

»... waren Kent und mein Vater schon einige Male aneinandergeraten. Einmal, so erzählte mein Vater mir, soll Kent ihm nach einer Gerichtsverhandlung etwas ins Ohr geflüstert haben. Er soll geflüstert haben: verschwinde aus meinem Leben, aus meinen Projekten, oder deine Familie ... Mein Unfall, oder der Anschlag auf mich, was immer es auch war, hat ihn für immer verändert. Vorher war er ein guter Mensch. Auch wenn er manchmal Böses getan hat, um Gutes zu erreichen. Nach dem hier ...«

Er klopfte erneut auf den Rollstuhl.

»... nach dem hier hat er beschlossen, nur noch böse zu sein. Er hat die Gruppe benutzt. Er hat auch die Gruppe ins

Böse gezogen. Er hat sie benutzt – und auch mich. Obwohl ich das niemals wollte, obwohl ich bis heute nicht weiß, ob mein Unfall ein Anschlag war. Obwohl es mir mittlerweile – egal ist.«

»Wie? Wie benutzt er die Gruppe?«

»Er hat seine Methoden.«

»Drogen?«

»Überzeugungskraft. Die Gabe, die Schwächen in Menschen zu sehen, zu deuten. Sie zu manipulieren.«

»Wo ist er?«

»Er ist da draußen, um es zu vollbringen.«

»Da draußen …?«

Der Junge nickte in Richtung Ufer.

»Ganz draußen. Bei Kent. Jetzt geht es nur noch um die beiden. Auge um Auge …«

»Wo ist die Leiche des Mädchens?«

»Sie ist hier bei uns. Ich werde sie der Polizei übergeben, ihrer Mutter übergeben. Wenn das alles hier zu Ende ist. Wenn Sie, Parnell …«

Er fasste die Hand des Inspektors.

»… dem allen ein Ende setzen.«

Parnell drehte sich um. Seine Stiefel versanken tiefer im Schlamm, während er an den Gestalten im Dämmerzustand vorbei in Richtung Wald zurückging, wo seine Kollegen auf ihn warteten.

Hinter seinem Rücken hörte er ein leise gehauchtes »Danke«.

Parnell drehte sich um.

Die Stimme kam nicht von McPettingtons Sohn, sie kam

von einem Mädchen, das ihn mit ihren Augen ausdruckslos ansah.

Er hatte die Stimme sofort wiedererkannt. Es war die Stimme des Mädchens auf dem Aufnahmegerät.

Als Parnell die anderen erreicht hatte, bat er Haromi, bei der Redaktion des *New Zealand Herald* anzurufen, ihnen alles zu erzählen und ihnen die Adresse von Pilz durchzugeben, damit die beiden Polizisten geholt werden konnten. Er bat sie auch, ihnen zu sagen, wo er das Auto geparkt hatte, in dem die Leuchtpistole lag, ebenso das Geld und die beiden Handys. Er traute der Polizei weiterhin nicht, er brauchte Journalisten, die alles objektiv bewerten, einordnen und beobachten würden. Er brauchte sie zum Schutz.

Al bat er, die Kollegen in Auckland zu verständigen und sie über alles zu informieren.

Smith wies er an, am Flughafen von Dunedin eine Maschine zu chartern. Er wusste, dass Al einen Flugschein besaß. Er wusste, dass der Flug bis an die Antarktis vier bis fünf Stunden dauern würde. Er wusste, dass sie so schnell wie möglich losmussten, wenn es nicht eh schon zu spät war.

Der siebte Tag

69

Schwarze Punkte im Eis kennzeichneten eine provisorische Landebahn. Zwei Maschinen standen am Ende der Bahn. Es schien, als habe McPettington auf sie gewartet. Er stand am Rande eines Eishügels. Etwa zweihundert Meter von der silbern in der Sonne strahlenden Station entfernt, die aus vier teils mit Schnee bedeckten Blechbungalows bestand.

Rechts davon, in einiger Entfernung, hatte sich eine Pinguinkolonie am Rande des Eises versammelt. Einige Pinguine stürzten sich in die Wellen.

McPettington schoss auf ihre Propellermaschine, die soeben auf der mit Schnee bedeckten Landebahn aufsetzte. Es gab einen lauten, schallenden Knall. Parnell und seine Kollegen schauten sich an. Hatte er die Maschine getroffen?

Sie überprüften augenblicklich das Armaturenbrett, nichts leuchtete, nichts blinkte. Alles in Ordnung. Parnell wendete den Blick nach rechts, zum Bullaugenfenster hinaus. Kein Rauch. Das Flugzeug verlangsamte sich. Er spürte das Zittern des mehrstündigen, klapprigen Flugs in sich, in jedem Knochen.

Erneut fielen Schüsse.

Es war ihm lieber so. Kein Versteckspiel. Offener Schlagabtausch. Showdown.

Nun wendete er seinen Blick nach links, schaute dort zum Fenster hinaus. Er sah die Pinguine. Er sah, wie sich das Eis an manchen Stellen rot färbte. McPettington schoss auf die Tiere. Sie warfen sich nicht einfach ins Meer. Er tötete sie. Sie flüchteten. In Todesangst.

Was musste in diesen Mann gefahren sein, dachte Parnell. Ein ehemaliger Tierschützer, der auf Pinguine schoss. Die Dunkelheit in ihm musste so groß sein. Der Hass, die Wut, der Zorn auf die Welt. Resignation. Alles Böse tief in eine drin nach außen gekehrt.

Parnell sagte zu den anderen kein Wort. Er entsicherte seine Waffe.

Weitere Schüsse, weitere klirrende Einschläge.

Ein letzter Blick vom Flugzeug aus auf das Eis, auf die Station, auf McPettington. Er war einige Schritte den Berg hochgegangen. Er hinterließ eine dunkle Spur auf dem Weiß des Schnees hinter sich.

Parnell schaute genauer hin. Dann erkannte er, dass McPettington einen verletzten Menschen mit sich schleifte.

Die dunkle Spur war Blut.

Leise, unauffällig bewegte sich Parnell zur Tür der Propellermaschine. Seine Kollegen schauten nach vorn, darauf konzentriert, dass das Flugzeug nicht über das Ende der Landebahn hinausglitt und die andere Maschine rammte.

Sie bemerkten zu spät, dass der Inspektor die Tür geöffnet hatte. Bevor sie ihn zurückhalten konnten, war er bereits gesprungen.

Parnell versuchte, sich im Fallen auf die linke Seite zu drehen. Es gelang ihm nicht. Ein stechender Schmerz durchzuckte seine rechte Schulter.

Der Inspektor verdrängte den Schmerz, er musste den Überraschungseffekt nutzen. Er nahm die Pistole in die linke Hand. Er tastete nach der zweiten Waffe im Gürtelbund.

Achtundvierzig Schuss.

Kurz drehte er sich noch einmal um. Jetzt erst sah er, dass auch Haromi aus dem Flugzeug gesprungen war. Sie lag auf dem Boden.

Regungslos.

Kurz überlegte er, umzudrehen. Zu ihr zulaufen. Es konnte sein, dass sie Hilfe brauchte. Es konnte sein, dass sie sich schwerer verletzt hatte.

Dann verwarf er den Gedanken. Mochte sein, dass sie sich verletzt hatte, aber je mehr er sich ihr näherte, desto mehr brachte er sie in Gefahr.

Die Kugeln sollten ihm gelten.

Er lief zum Berg.

Nach wenigen Schritten hörte er wieder Schüsse. Er hörte den Knall, das Pfeifen der Einschläge im Schnee. Parnell lief weiter.

Plötzlich durchfuhr ihn ein Schmerz im rechten Oberschenkel.

Treffer.

Hoffentlich Durchschuss. Sonst konnte es sein, dass er es nicht schaffte.

Er biss die Zähne zusammen.

Der Mann, den sie Mr Pinguin nannten, hatte die Kuppe

des Eishügels erreicht. Kent Jr. lag neben ihm. Er erkannte ihn am roten Haar. Parnell konnte nicht erkennen, ob er noch atmete.

Er drehte sich erneut zur Landebahn um. Haromi war verschwunden.

Er suchte das Weiß um ihn herum ab.

Nichts.

Wo war sie?

Ihr Flugzeug stand inzwischen am Ende der weißen Landebahn. Neben den anderen Maschinen. Regungslos. Nur die Propeller drehten sich noch. Die Türen waren noch verschlossen.

Wo war sie, verdammt?

Sie musste sich hinter eine der Schneedünen geworfen haben.

Er überlegte weiter, was zu tun war.

Er entschied sich.

Alles oder nichts.

McPettingtons Schüsse klangen nach einer Smith & Wesson, er hatte wohl reichlich Munition bei sich. Doch irgendwann würde er Zeit zum Nachladen brauchen.

Parnell hob die Pistole, er hatte beim Schießtraining immer vernachlässigt, mit links zu schießen. Dies bereute er nun.

Schuss eins. Schuss zwei. Schuss drei.

Schneestaub. Er hatte ihn verfehlt.

Justieren.

Atem und Schritte koordinieren.

Vier. Fünf.

Ein Zucken. McPettington fiel nach hinten. Er verschwand hinter dem Eishügel.

Alles oder nichts.

Parnell rannte. Der rechte Oberschenkel schmerzte. Er spürte den Puls im Schenkel, im Hals.

Er schmeckte Blut.

Er erreichte das untere Ende des Hügels.

Kurz überlegte er. Er entsicherte die zweite Waffe.

Dann lief er den Hügel hoch. Oben angekommen fielen zwei weitere Schüsse in seine Richtung.

McPettington lag unten, auf der anderen Seite des Hügels. Er lag unter Kent Jr. Nur eine Hand und sein Kopf schauten hervor. In der Hand hielt er die Pistole.

Parnells linke Hand zitterte. Er zielte, schoss. Verfehlte absichtlich sein Ziel. Die Patronen pufften in den Schnee.

Er durfte nicht riskieren, Kent zu treffen, der vielleicht noch lebte.

Er musste Mr Pinguin provozieren, weiter in seine Richtung schießen.

Parnell ging den Hügel hinab.

Der Pinguin schoss.

Eine Kugel streifte Parnells rechte Schulter.

Mr Pinguin schoss weiter. Noch mal. Noch mal.

Dann machte es Klack-klack.

Endlich. Das war Parnells Chance. Er rannte los.

McPettington versuchte, Kent von sich zu schieben, um an neue Patronen zu gelangen.

Parnell rannte weiter. Stolperte.

Er fiel.

Rollte nach unten.

Kurz verlor er die Orientierung.

McPettington hatte sich aufgerappelt. Die Waffe in der Hand.

Er lud die Waffe erneut durch, zielte auf den Inspektor, Parnell hielt die eigene Pistole hoch.

Ein Knall, ein Echo.

Parnell spürte, wie die Kugel seinen linken Oberarm zerfetzte. Wieder aus dem Fleisch austrat. Das war gut. Besser, als wenn sie stecken blieb. Das war sein erster Gedanke.

Sein zweiter Gedanke war, dass er nun verloren hatte. Ausgeliefert war. Keinen Arm mehr zum Schießen benutzen konnte.

Vorbei.

Scheiße, so kurz vor Schluss.

Er schloss die Augen.

Hörte einen Schuss.

Spürte nichts.

Hörte auch keine Patrone bei ihm in der Nähe in den Schnee zischen.

Er öffnete die Augen wieder. Sah zu McPettington.

Der zielte in seine Richtung.

Wieder ein Schuss.

Parnell sah im Zeitlupentempo, wie McPettingtons Schädel platzte. Blut spritzte auf das Eis.

Er sah hoch zum Hügel. Er sah Haromis Silhouette. Sah, wie die Silhouette den Arm mit der Pistole senkte.

Vorbei.

Er lebte noch.

Dank ihr.

Der Inspektor spürte erst jetzt ein brennendes Ziehen in der Brust.

Das Adrenalin musste ihm diese letzte Kraft geschenkt haben. Er schaffte es aufzustehen, er wankte, er stolperte zu den beiden Männern hinüber, alles drehte sich, er schaute in leblose Augen.

Der Pinguin und Kent waren tot.

Parnell versuchte, nicht zu fallen.

Er fiel.

Schwarz.

Er hörte ihre Stimme. Sie musste vom Hügel heruntergelaufen sein.

»Lauf zur Station, Smith! Such nach einem OP-Saal! Al, hol den Verbandskasten aus dem Flieger!«

»Haromi.«

»Frank! Scheiße, Frank. Mach keinen Scheiß! Verdammt, Frank!«

Er verlor das Bewusstsein.

Als alles vorbei war

70

Parnell saß auf der Terrasse. Sein Kopf war nach vorn gefallen, das Whiskeyglas lag zerbrochen auf dem Boden. Die Flasche stand leer auf dem Glastisch vor ihm. Captain Ahab umschlang seine Beine, er schnupperte am Whiskey, miaute. Schaute zu Parnell hoch.

Eine warme Brise kam vom Hafen herauf. Der Fernseher flimmerte stumm vor sich hin. Ein Rugby-Spiel. Parnell musste bereits eingeschlafen sein, als der Dokumentarfilm über die Walrosskolonien Alaskas zu Ende gegangen war.

Er war am Nachmittag durch die Stadt gestreunt. Ziellos. Er hatte einzig versucht, die Polizeistation zu meiden. Zu viel Getuschel. Zu viel Geraune. Er würde sich in ein paar Wochen vor einem Polizeigericht verantworten müssen. Zu viele Alleingänge, zu viele Gesetzesübertritte. Viel zu viel Mist gebaut, unten, wo Neuseeland endete und am Ende des kalten Meeres das ewige Eis begann.

Ein guter Polizist übertritt das Gesetz, lässt sich dabei aber nicht erwischen. Er hatte immer versucht, sich an diese erste und wichtigste Polizeiregel zu halten. Er hatte es meistens geschafft. Diesmal ganz und gar nicht.

Er hatte sich für die Zwischenzeit einen Hausarrest erbetteln können. Immerhin hatte er einen Doppelmord geklärt. Immerhin hatte er bewiesen, kein Mörder zu sein.

Er war durch die Kaufhäuser gestreift. So wie er es sich in Dunedin vorgenommen gehabt hatte. Hatte sich all die Dinge angeschaut, die er nicht brauchte. Es hatte nicht geholfen.

Er war an einigen Spirituosenläden vorbeigelaufen, hatte sich noch gut dabei gefühlt, doch sein Kopf hatte längst gewusst, dass es ihn in den letzten einen Laden ziehen würde, der nur wenige Meter vor seinem Haus an der Hobson Bay lag.

Er hatte drei Flaschen gekauft, die erste zur Hälfte gleich im Flur in sich hineingeschüttet. Lauwarm. Kaum hatte er Dunedin, die Stadt im Süden der Südinsel, und alles, was mit ihm und um ihn herum dort geschehen war, gelöscht, oder zumindest in die hinterste, dunkelste Ecke des Gehirns verdrängt, war sie wieder aufgetaucht.

Sister Gold.

Die unerfüllte Sehnsucht. Der unerträgliche Schmerz.

Er hatte die erste Flasche im Wohnzimmer vor dem Fernseher geleert. Starrer Blick auf die Walrösser. Kurz nachgedacht, ob es eine Lösung sein konnte, zu den Walrössern zu ziehen. Nach Alaska. Touristen die Kolonien zeigen, abends früh zu Bett gehen.

Er hatte das Telefon angestarrt, auf einen Anruf gehofft. Von ihr. Alkoholgeschwängerte Hoffnung. Sie hätte ihn nie angerufen. Sie hatte ihn fallen gelassen, weggeworfen wie eine ausgesaugte Frucht. So wie all die wenigen Frauen, bei denen er den Fehler begangen hatte, sich in sie zu verlieben.

So wie seine Mutter es mit ihm gemacht hatte, als er noch klein und hilflos war. Würde der Schmerz jemals vergehen?

Er starrte weiter auf das Telefon. Zweite Flasche. Erster tiefer Schluck. Er dachte an Haromi. Er dachte viel zu oft an sie. Betrunken. Nüchtern hatte er es geschafft, diese Gedanken zu verdrängen.

Er sehnte sich nach Zärtlichkeit. Er rang mit sich. Er sprach laut zu sich selbst.

»Nein, Frank, das wirst du nicht tun. Nein, Frank.«

Und doch wusste er, dass er es tun würde. Polizistenregeln waren dazu da, gebrochen zu werden. Er tippte ihre Nummer in sein Handy ein. Er wartete. Er trank weiter.

Auf der Terrasse balancierte Captain Ahab über das Geländer, sprang, hopste den Rasen hinunter und verschwand im Dickicht aus Hortensien und Silberfarn.

Parnell rührte sich nicht. Komatöser Alkoholschlaf. Dicke Schweißperlen tropften ihm von der Stirn, liefen Brust und Bauch entlang.

Ein Klopfen an der Tür, das Quietschen der Klinke, das Krachen des Holzes.

»Frank? Frank!«

Haromis Schritte knarzten im Flur.

»Frank, warum hast du mich angerufen?«

Sie deutete sein unbewegtes Daliegen richtig. Speichel lief ihm aus dem Mundwinkel. Sie drehte sich zum Fernseher, hob die Fernbedienung hoch, drückte auf die Eins.

Eilmeldung auf *Television New Zealand.* Aufnahmen aus dem Wald von Otago. Schnitt. Hubschrauberaufnahmen aus dem ewigen Eis an der Mario-Zucchelli-Station. Weiße Schrift auf rotem Band unten im Bild.

+++ … verkohlte Leichen im Wald rund um das Camp der verbrecherischen Pinguin-Gruppe. Laut Aussage der Polizei handelt es sich bei den Opfern offensichtlich um Gruppenmitglieder +++ Mindestens sieben Tote unter der Eisoberfläche an der Mario-Zucchelli-Station in der Antarktis gefunden. Unbestätigten Quellen zufolge handelt es sich teils um Familienmitglieder des neuseeländischen Milliardärs Anton Kent Jr. Aber auch der Polizeipräsident von Dunedin, William Heller, soll sich unter den Toten befinden +++ Polizei von Dunedin findet Dutzende weitere Leichen im Pinguin-Fall … +++

Kurz verharrte Haromi. Eine Träne lief ihr lautlos über die Wange. Dann griff sie nach der Decke auf dem Sofa. Sie ignorierte den Gestank und die Whiskeyflecken. Sie trat auf die Terrasse, legte die Decke Parnell über die Schultern. Sie wischte mit zwei Fingern den Speichel von seinem Mundwinkel. Sie küsste ihn auf die Stirn. Sie streckte ihre Hand nach Captain Ahab aus, der aus der Dunkelheit zurückgekehrt war und sich schnurrend um ihre Beine schmiegte. Sie kraulte ihn am Kopf. Die Hobson Bay füllte sich mit dem Wasser der Flut. Am Horizont waren die Lichter der Schiffe zu sehen, die den Hafen verließen.

NEUSEELAND SE
UND STERBEN

Im malerischen Städtchen Dunedin, ganz im Süden der Südinsel Neuseelands, verbringt Inspektor Parnell seinen Urlaub. Vor allem die Pinguin-Kolonien bieten ein faszinierendes Schauspiel für Touristen. Als im Nachbarzimmer seines Bed & Breakfast eine Leiche gefunden wird, ist es für Parnell jedoch mit der Ruhe vorbei. Neben der Leiche liegen nicht nur schwarze Pinguin-Federn, sondern Parnell gerät selbst unter Mordverdacht. Durch einen alkoholbedingten Filmriss kann er sich an nichts mehr erinnern. Wie soll er seine Unschuld beweisen?

978-3-548-29027-0
€ [D] 10.00
€ [A] 10.30
www.ullstein-buchverlage.de